# 売られた公爵令嬢と辺境伯の秘密

# 目次

# 売られた公爵令嬢と辺境伯の秘密

# プロローグ　朝チュン

目が覚めたとき、私が最初に見たのは長い黒髪でした。

朝陽にきらめくその髪は、まるで黒曜石のような輝きを放っていました。

それは私の髪ではありません。私の髪は菫色《すみれいろ》で、亡くなった母から譲り受けた大切な家族の証《あかし》。寝《ね》惚《ぼ》けていても見間違えることはないはずです。

ということは、これは誰の髪かしら？

昨晩、私は誰と何をしていたのでしたっけ？

次に見えたのは、見覚えのない天井でした。美しい装飾の施された柱に支えられた天井とそこに描かれた絵を見つめていると、ピリと身体に痛みが走りました。

「痛い……っ」

身体の真ん中、おヘソより下のところ。ジクジクと痛む下腹部に手を伸ばすと、自分が何も身につけていないことに気がつきました。

寝着はおろか、下着すらも穿《は》いていません。

「私……」

「……ん」

昨夜のことを必死で思い出そうとしていると、突然隣から声がしました。寝返りを打ち、こちらを向いた男性の寝顔。すっと通った鼻筋と彫りの深い顔立ち、薄い唇が小さく何かを呟きます。

「んん、……、ん……？」

黒髪の隙間から切れ長な目がのぞきました。うっすらと開かれた瞳は私の知っている色と違います。

昨夜は金色だった瞳が、今は黒色になっていました。

「ヨル様……？」

頭の中を駆け巡る昨日の記憶。身売り、馬車、娼館、狼……そして……

そのとき彼が、がばっと身体を起こしました。

「な、な……なんだ……？」

起き上がった彼もやはり何も身につけていません。盛り上がった筋肉とたくましい腕。昨日その腕に抱きしめられたことを思い出し、顔が熱をもつのを感じました。

「あの……」

「こんなところで何をしている……!?」

突然の怒鳴り声に私は固まってしまいました。何をと言われても……。どう答えればいいのか分かりません。

「ヨル様……あの……」

「ヨル……？　今私を『夜』と呼んだのか……!?」

その途端、すごい形相で睨みつけられました。昨晩そう呼ばれていると言ったのは、貴方のはずなのに……？

「私をあんな化け物と一緒にしないでくれ！　君は一体何者だ！　誰の許可を得てここにいる！」

再び怒鳴りつけられ、ビクリと身体が震えました。

「どうして？　私をここに連れてきたのはヨル様ではありませんか」

「は……？」

そのとき、部屋のドアが乱暴にノックされました。

「アルベール様？　いかがなさいましたか？」

扉の向こうから男性の声がします。他にも若い女性の声が聞こえます。昨夜は人の気配なんてまったくなかったはずなのに。

「入ってもよろしいですか？」

「いや！　待て、開けるな！」

彼が言葉をかける前に、部屋の扉が大きく開きました。

「朝からそんな大声を出して、一体どうしたと……」

「朝からうるさ……」

「……っ！」

部屋に入ってきたのは、使用人らしき三人でした。

初老の男性は朝早くにもかかわらずぴっちりと執事服を着て、私を凝視しています。

その後ろに控えるのは、私と同じ歳くらいの侍女服の女性がふたり。ふたりとも零《こぼ》れそうなくらいに目を見開いていました。

「ち、違う！　……これは」

「イヤァーーー!?」

響き渡るふたりの侍女の声に、窓の外で一勢に鳥が飛び立ちました。

どうしてこんなことになったのでしょう。本当なら今頃、私は娼館に売られているはずだったのに。

# 第一章

「ソフィア、お前はこれから娼館へ行く」

この世界でたったひとり、血の繋がった家族であるはずのお父様から言われた言葉。私は両手を強く握りしめ、必死に涙を堪えていました。

「お前ひとりが犠牲になれば公爵家は救われる。賢いお前なら分かるだろう？」

父の手に握られた娼館との契約書。そこに書かれた金額はたしかに大金でした。

「でも、どうして私が……！」

私が必死に上げた抵抗の声は、執務室の扉が開く音に掻き消されました。

「あらぁ？　まさか可愛い妹のミッチェルを娼婦にするつもりぃ？」

父の執務室に現れたのは、趣味の悪い真っ赤なドレスを身につけた義母のミシェーラと義妹のミッチェル。

お母様亡きあと、このふたりが我が家にやってきたせいで、私の幸せな生活はズタズタに壊されてしまったのです。

「お義姉様、ひどぉい！　私を売るっていうの⁉」

幼い頃に母を亡くした私ソフィア・レスターは、父とふたり、支え合って暮らしていました。

亡きお母様から受け継いだ菫色《すみれいろ》の髪と瞳。ほんの数年前までは美しく手入れされていたその髪も肌も、今は日焼けしてしまっています。

レスター家は公爵という爵位を賜《たまわ》っているものの領地は農作物を作るのには不向きで、父は輸入業を担《にな》う商会を作り、商才を発揮していました。

父は仕事で家を空けることが多い人でした。それでも優しい使用人たちに囲まれ、私は寂しい思いをせずに済んだのです。

そんな生活が一変したのは、私が十六歳になった年の春のことでした。

「ソフィア、彼女が新しいお母さんだよ」

大好きな父から嬉しそうに紹介されたのは、私の母とは正反対の女性。

義母となったミシェーラは真っ赤な髪と派手な顔立ち。連れ子として義妹になったミッチェルも母親に瓜二《うりふた》つです。ふたりは私を見下すように笑っていました。

「まぁ、お父様には全然似ていないのね。地味な子」

「私、もっと綺麗なお義姉様が良かったぁ」

ふたりがやってきて、公爵家の資産はすぐに底をつきました。最高級のドレスを仕立て、宝飾品を買い漁るふたりを諌《いさ》める使用人を、父は次々と辞めさせていったのです。

すべての使用人がいなくなったときも義母は笑っていました。

「使用人がいないなら、貴女がやりなさいよ」

洗濯、掃除、食事の支度まで私がやるようになりました。使用人のように働かされる私を見ても、父は何も言いません。

「お前が働けば、その分ふたりに贅沢をさせられる」

私を見る冷ややかな視線。優しく家族想いの父はもうどこにもいないのだと思うと涙が止まりませんでした。

私が娼館に売られたのはそんな生活が二年ほど続き、成人となる十八歳を迎えてすぐのことでした。

「ではお父様、お元気で……」

出発の日、そう声をかけても父は返事もしませんでした。

「ああ、これでまた新しいドレスが買えるわ」

「新しいネックレスも揃えないと！　マリウス様に釣り合うようにしなくちゃ！」

義妹の言葉にマリウス様のことを思い出し、私はまた泣きたくなります。

私には幼い頃に決められた婚約者がいました。マリウス・クイール様。我が家と同じく公爵家の次男です。優しく、私のことを大切にしてくれる彼と、たくさんの時間を過ごしました。

そんな彼も、義妹のミッチェルに会うと私のことなど顧《かえり》みなくなりました。使用人のように働かされる私を見て見ぬふりをしていた彼は、呆気なく私との婚約を破棄。新しい婚約者にはもちろん義妹のミッチェルが選ばれました。

「マリウス様のことは私に任せてね。お義姉様は娼婦になって玉の輿を目指せばいいじゃない？」

「アハハ、馬鹿ね。こんな地味な娘に上客がつくと思うの？　せいぜい借金の分くらいは働きなさいよ」

馬車に乗り込むまでずっと、ふたりの笑い声が聞こえていました。

「なんで……どうしてこんな目にあわないといけないの？」

公爵家のものとはまったく異なる粗末な馬車。座席は硬く、乗ってすぐに腰が痛くなりました。

私が売られる隣国の娼館までは馬車で二日ほどかかるとのことでした。

不安げな私に、御者は窓の外から何度も声をかけてきます。

「へへ……大変ですねぇ……お貴族様なのに。娼館に売られるなんてねぇ。大丈夫、お嬢様みたいにお綺麗ならすぐにいい客が付きますからぁ」

下卑た笑いを浮かべる御者が恐ろしい。こんな男と二晩も過ごさないといけないなんて、頭がおかしくなりそうでした。絶対に馬車の外には出ないようにしよう。そう心に決めていました。

しかし、その決意もすぐに必要なくなりました。暗くなった森の中、私の乗っていた馬車はいつの間にか現れた狼の群れに取り囲まれていたのですから。

「ひ、……あっちへ行け!!　なんだ、狼がいるなんて聞いてねぇぞ！」

馬車の外から御者の情けない声が聞こえましたが、それもしばらくすると聞こえなくなりました。

「誰か……！　誰か助けて!!」

そう大きな声を出しても、馬車の外からはなんの返事も聞こえません。

かわりに聞こえるのは、周りを取り囲む狼たちの唸り声だけ。

小さな窓からは、月明かりも差さない夜空と真っ黒な森しか見えませんでした。

ドスンという衝撃と共に狼の息遣いをすぐ近くに感じました。体当たりで扉を破ろうとしているのです。薄い板でできた扉を必死に押さえるけれど、それもいつまでもつか分かりません。

「誰か……たすけて……」

涙を堪えながら、私は必死に扉を押さえつけることしかできませんでした。

ところが、突然狼たちが怯え始めたのです。

「どうしたのかしら……？　何かいるの？」

しばらくすると狼たちの唸り声は聞こえなくなり、かわりにキャンッという悲鳴のような甲高い声がしました。

「あれ……？　音が……」

そのとき、私はもう二度と太陽を見ることはできないのだと思っていました。家族に捨てられ、守ってくれる人もいない。ここで生き延びることができたとしても待っているのは娼婦として生きる未来だけ。

そんな私を助けてくれる人がいるなんて、誰が想像できたでしょうか。

いつの間にか馬車の外からはなんの音も聞こえなくなっていました。すると突然馬車の扉が大きく開いたのです。

「きゃぁぁあ!!」

顔を伏せうずくまる私を、大きな何かが見つめているのを感じました。

熊でしょうか？　それとも何か他の猛獣？　怖くて顔が上げられません。

「ふぅふぅ……ふぅ……おんな……？」

「え……？」

恐る恐る顔を上げると、そこにいたのは見上げるほど大きな男の人でした。真っ黒な髪がぐちゃぐちゃに乱れているせいでよく顔が見えませんが、服には大きな穴があいています。筋肉質な身体と大きな手。

あたりを見回しても狼はどこにもいません。

「あ、あの」

「おまえ……かわいい……」

「へ……きゃあ！」

伸びてきた手にあっという間に抱えられたかと思うと、男は私を抱いたまますごい速さで森の中を駆け始めたのです。

長く伸びた黒髪が顔を隠しているせいで、男の表情は分かりません。男は、器用に木の枝を避け、撥《は》ねる泥も気にしていません。

そのときパッと視界が開けました。深い森の中に、突然大きな屋敷が現れたのです。

「こんなところに……お屋敷があるなんて……」

深い森の中に似つかわしくない豪華な屋敷に驚いていると、男は迷うことなく玄関から中に入っていきました。シックな内装は、生家の公爵家よりも品良く見えます。

男は階段を上がり、大きな音を立てて扉を開けます。そこはこの大豪邸の主寝室のようでした。

「きゃっ……！」

部屋の中央に置かれた大きなベッド。普通の大人なら五人は眠れそうな寝台に私を下ろし、男がじっと見つめてきます。

「ふぅ……ふぅ……」

静かな部屋に男の息遣いだけが響きます。暗い部屋の中には窓からの月明かりだけ。

「あの……」

私が声をかけると、男の肩がビクリと震えました。

「先程は……危ないところを助けてくださってありがとうございました」

男が誰であろうと助けられたことには変わりありません。それがたとえ化け物のような人であっても。

「ここはどこなのでしょう？　私、あの山向こうの街まで行かなくてはいけなくて……」

そこまで言って言葉が出てこなくなりました。

本当は行きたくなんかない。私を捨てた家族のために、お金のために娼婦になんかなりたくない。

「うぅ……」

今頃になって涙が出てきました。狼が怖かったのか、これからの人生が怖かったのか。あとからあとから涙が溢《あふ》れて止まらないのです。

「お前……泣いてるのか？」

「ごめんなさい……どうしたらいいのか、分からなくて……。もう私、死んでしまったほうがいいのかもしれません」

　彼がもし化け物ならば、私を食べてくれないでしょうか。このまま娼館に売られるよりも、そのほうがよっぽどいいような気がしました。

「しぬ……？　お前死ぬのか？」

　私は必死に涙を拭いながらこれまでのことを話しました。彼は私の話に静かに耳を傾けてくれています。

「ああ……そういえば、娼館との契約書を馬車の中に置いてきてしまいました……」

　逃げ出した御者はどうなったのでしょう？　ボロボロに壊された馬車を見て、私は死んだと思われるでしょうか？

　話し終え顔を上げたそのとき、彼の長く伸びた前髪の隙間から金色の瞳がチラリと見えました。

「綺麗……貴方の瞳は夜空に浮かぶ月のようですね」

　途端、彼が後ろに飛び退《の》きました。そのまま部屋の壁に背中をつけて顔を両の手で覆《おお》います。

「きれい？　お前、今、俺の目を綺麗だと言った？」

「はい、綺麗です。満月みたいで」

　誰かに話を聞いてもらえた。それだけで嬉しかったのです。スッキリした気持ちで思ったことをそのまま口にしてしまいましたが、何か良くないことを言ったでしょうか。

「申し遅れました……私はソフィアと申します。貴方のお名前をお聞きしてもよろしいですか？」

　壁を背にし、暗い部屋の中に立つ彼の表情はやはり分からないままです。

けれど、それに怯えることはありませんでした。もう私は死んだようなもの。恐怖心が麻痺しているのかもしれません。

「名前はない……俺は化け物だから」

しばらくして聞こえてきた答えに私は驚きました。

「お名前がないのですか？」

「ない……皆、俺を『夜』と呼ぶ」

夜？　ヨル……様？　化け物？

「ではヨル様とお呼びしてよろしいですか？」

暗闇の中で彼が大きく頷いたのが見えました。

「ソフィア……」

「はい」

一歩一歩ヨル様がこちらに近づいてきます。やはりとても背が高い。私より頭三つ分くらい高いのではないでしょうか。首も肩もガッシリとしていて、手も足も本当に大きい。

「ソフィアは、捨てられたのか？」

「はい……もう帰るところもありません。ヨル様、どうか私のことを食べてくださいませ。本当に化け物ならばどうか」

もうどうなっても良かったのです。家のことも、家族のことも、そして自分自身のことも。

「食べる――ソフィアを食べてもいいのか？」

「はい……もう思い残すことはありません」

私は本当にどうかしていました。今いる屋敷のことも、彼の身につけているもののことも考える余裕なんてありませんでした。

よく見れば気づけたはずなのに。彼が化け物などではないことに。

「ソフィアは、捨てられた。帰るところもない。娼館にも行きたくない」

彼は何かを確かめるようにそう口にしました。ゆっくりと私の目の前に立った彼は、どこか嬉しそうです。

「なら俺がもらう」

「……え？」

「ソフィアは、今日から俺のもの」

ベッドに押し倒された私に覆《おお》い被さるようにヨル様が顔を寄せてきました。

食べられる……！　そう思った瞬間、彼の唇が私の口を塞ぎます。

「ンっ、んん……？」

戸惑う私の中を分厚い舌がこじ開けていきました。ゆっくりと歯をなぞり、上顎《うわあご》を味わうように這《は》う舌。そのまま互いの舌を根本から絡ませます。

口元からふたりの唾液が混ざり合いながら流れていきました。

「ふぁ……ハァ、ヨル様？　何を」

そのとき初めて彼の顔を間近に見ることができました。切れ長な目、スッと通った鼻筋。薄い唇がぬらぬらと卑猥《ひわい》に濡れています。

「ソフィアを食べる」

そのまま乱暴に服を脱がされ、下着も靴も剥《は》ぎ取られました。裸になった私を金色の瞳がジッと見つめています。

「ひぁ……、やだ、そんなところ……」

触れたら壊れてしまうとでもいうように、無骨な手が肩や背中、太ももや尻をゆっくりと撫でます。

「やわらかい……」

必死に胸を隠した両手もあっさりと開かれました。夜のひんやりした空気に触れた胸が勝手に震えてしまいます。

「見ないで……ください」

私の言葉が聞こえなかったのか、ヨル様は小さく首を傾げながらさらに顔を近づけてきました。

「ひぁ、ん」

胸の先に彼の鼻息がかかり、自分でも驚くほどいやらしい声が出てしまいました。

「ふぅ……、ふ、ソフィアは俺のモノ……」

「きゃぁっ！　アンッ……」

大きな口が私の胸先に吸い付きます。胸の先を転がすように分厚い舌が舐め上げる感覚に自然と腰が浮いてしまいました。

私はただ与えられる感覚を必死に堪えることしかできません。

「ダメ、舐めないで……」

「ソフィアは甘い……匂いも味も、どうしてこんなに甘いんだ……？」

「ひぁ……!?」

ちゅうちゅうと吸い上げられるたびに、上げたことのない声が出ます。彼は何かを確かめるようにやわやわと胸を揉みしだいていきました。

「ソフィア……ソフィア……」

必死に羞恥に耐えている私の目の前に、いつの間にかヨル様の顔がありました。彼の顔は驚くほど整っていて、金色の瞳も、通った鼻筋も、とても美しい。

「やっぱり、ヨル様はとても綺麗です」

「ほんとうか!?」

一瞬、ヨル様が泣きそうな顔をした気がしました。

「本当です。嘘なんかつきません」

そのままゆっくりと唇が重なりました。先程の食べられてしまいそうな口づけではなく、そっと触れるような優しい口づけ。

「ん……や、ダメです、耳は嫌……」

耳たぶを齧《かじ》るように咥えられたかと思うと、そのままぬるりと舌が入ってきました。耳のひだをひとつひとつ確かめるように舌が這《は》っていきます。

舌はそのまま首筋を撫で、身体中を舐め回しました。

「いや、もう舐めないで……、お願い」

「イヤだ、まだココ舐めてない」

イヤイヤと首を振る私を無視して、太ももの間に彼の手が入り込みます。必死に力をこめても彼にかなうはずもなく、そのまま大きく足が開かれてしまいました。

「イヤぁ……」

誰にも見せたことのない秘所。暗い部屋の中で金色の瞳がジッと見つめています。

「濡れてる」

ダメ！　と言う前に、彼の口がソコに埋められました。

「アァっ！　ん、……ンンっ、アン！」

ジュルッという卑猥《ひわい》な音を響かせ、彼の舌が執拗《しつよう》に舐め上げます。自分でも触れたことのない場所に走る感覚が、だんだんと羞恥から快感に変わっていくのを感じました。

「ひぅ……、イヤぁ……。そんな、入れないで」

私の中にぬるりと何かが入り込んできました。彼の舌は分厚く、いやらしく私の中を弄《いじ》っていきます。

こぽりと何かが溢《あふ》れる感覚に驚きました。

「嫌じゃない、たくさん溢《あふ》れてくる」

「アァ……ん、ンっ」

ジュルジュルと音を立てて、彼はソコを舐め続けます。

「ハァ、ハァ……暑い」

やっと解放されたと思っていると、ヨル様が着ていた服を脱ぎ始めました。

筋肉質な大きな身体が汗でしっとりと濡れています。ぐったりしている私の前で、彼は躊躇《ちゅうちょ》なくすべてをさらけ出しました。

「ひ、ぁ、そんなに、大きいのですか？」

初めて見る猛々《たけだけ》しい雄。私の手首くらいはありそうな太さと大きさに、そのとき初めて怖くなりました。

「ソフィア……？」

「あ、あの……その、私、こういうことは初めてで、少し、怖くて……」

すると、なぜかヨル様は小さく笑ったのです。

「知ってる……ソフィアからは、誰の匂いもしなかった。男の匂いも女の匂いも……だから俺だけのモノ」

匂い？　匂いで私が初めてだと分かったということ？

「大丈夫、本で読んだ。初めては痛い、だからたくさんほぐす」

思っていたよりもずっと理知的で優しい方。でも次の瞬間、そんな思いはどこかへ消えていきました。

「あぁん、んん、ンっ……」

再度足を大きく開かれたかと思うと、ズブズブと彼の指が入り込んできました。その手つきは荒々しく、でもその感覚が嫌ではない自分に鼓動が速くなります。

「んぁ……んん……アァっ」

ヨル様のゴツゴツした指が何度も私の中を掻き回します。グチュリという音が、さらに私の奥を熱くします。

「んん、ン、そこ……」

ある部分にゴツゴツとした指が触れたとき、今までとは違う快感がありました。

「ソフィア、感じてる？　気持ちいい？」

「は、はい……キモチいい」

初めての快楽。お腹の奥の奥が熱くて、切なくて、怖いと思うよりも早くソコを埋めてほしくてたまらない気持ちになってしまいます。

「美味しそう……」

「きゃあ……、アァ……！」

指を抜き差ししながら、彼は濡れそぼったそこに顔を埋め、舐め回しました。

どれほどの時間、そうしていたでしょう。いつの間にか入る指が一本から二本に増え、言葉どおりグズグズとほぐされたソコはもう切なくてどうしようもなくなっていました。

「もう、入れたい。ソフィアの中」

彼の熱っぽい声に、私はただギュッと目をつむります。

そのまま小さく頷くことしかできませんでした。

熱いモノが押し当てられたかと思うと、それが私の中にゆっくりと侵入してきました。

感じたことのない圧迫感と身体が抉られるような痛み。

「んん、アァァ……いたいっ！」

ブチと何かが切れる感覚がしました。彼はそれを無視してさらに奥まで雄で穿《うが》ってきます。

「あぁああっ、ああ！」

太い腕が私の肩を抱き、私も必死に腕を伸ばして彼にすがりつきました。

「ソフィア……」

先程会ったばかり。私は彼の名前が本当のものかも分からない、顔すらしっかりと見ていない。

それなのにどうしてこんなに甘く私の名前を呼ぶのでしょう？

「ヨル様……ヨル……」

痛みは少しずつ薄れ、残るのは快感だけになっていきます。ゆっくりだった抽挿がしだいに速くなり、卑猥《ひわい》な水音が部屋に響き始めました。

「んん、アァっ、ん、……あぁ」

パチュンと音を立て、彼は奥へ奥へと私の身体を責め立てます。

「ソフィア、奥、気持ちいい？　すごい、締まる」

「いやぁ、そんなこと……言わないで、アァっ」

初めてのはずなのに、どうしてこんなにも感じてしまうのでしょう。忘れていたはずの羞恥心がどうしようもなく身体を火照《ほて》らせます。

その間も、彼は何度も何度も最奥を穿《うが》ちます。

「俺のモノ、誰にも渡さない……」

「あぁ……あぁぁあ……!!」

雄が私の感じる場所を探し当て、そこだけをグリグリと執拗《しつよう》に擦ります。頭の中が真っ白になり、何かが来そうなのを感じました。

「アァ、ダメ、そんな、赤ちゃんができちゃう……」

「ソフィア……出したい、中に……」

「ダメだ、もう……」

「アァ……あ、イク、私ももう……、あぁああ！」

激しい抽挿のまま、彼が果てるのと同時に私も達しました。頭の中を電流のようなものが走り、激しく弾けます。

私はそのまま気を失い、朝まで眠ってしまったようでした。

まさか朝目が覚めたら、彼が別人になっているなんて誰が予想できたでしょう。

# 第二章

「なんということだ………」

今日何度目か分からない溜息をつき、私――アルベール・エルバスは執務室の豪奢《ごうしゃ》なソファに背中を預けた。

「今まで『夜』が誰かに興味を持つことなどなかったのに、一体どうして」

幼い頃から自分の中に住まう化け物。アイツのせいで私がどれだけの不自由を強いられていることか。

「まさかこんなことをするとは……」

そのとき、控えめなノックの音が部屋に響いた。再度小さな溜息を吐き出す。

「入れ」

現れたのは私の秘密を知る数少ない使用人、執事のドゥーロックだった。

「アルベール様、ご報告がございます」

私、アルベール・エルバスは、この国の皇帝より辺境伯の地位を賜《たまわ》った家の当主だ。我が曽祖父が皇族の血を引いているため、大公という準皇族の地位も与えられている。武勲も立て、他国との国境を守る辺境伯として評価の高い家柄である。

ただひとつ、私という異物を除いて。

それがいつ現れたのか。私ははっきりと覚えている。

七歳になったばかりの頃、私は夢遊病に悩まされていた。朝起きると、自室とは違う場所にいることが度々あったのだ。最初は医者から処方された睡眠薬を飲むことで落ち着いたが、次第にそれは単なる夢遊病とは呼べないものになっていった。

そして、あの新月の夜。私は化け物になった。

目が覚めたとき、最初に見たものは赤だった。目の前の床に広がった真っ赤な液体。一体それがなんなのか私には分からなかった。

しかし、その赤いものの流れてくる先を見て私は悲鳴を上げた。それは大好きな母の細い腕から流れていたからだ。

「お母様！　お母様！」

半狂乱になる私を、母は傷だらけの腕で優しく抱きしめてくれた。

「大丈夫、大丈夫よ、アルベール。貴方のせいじゃないわ。だから大丈夫、泣かないで」

それが母と言葉を交わした最後の記憶だ。私はそのまま母の腕の中で気を失った。

しばらくして、夜の間に自分が何をしたのかを知ったのだ。

あの日、突然奇声を上げ、暴れ始めた私を母は宥めようとしたそうだ。しかし私は子どもとは思えない怪力を発揮し、母を含め周りにあったものすべてを壊した。

母は両腕に重傷を負い、それ以降思うように物を握ることができなくなった。父は母を遠い地で療養させることを決め、決して私には会わせてくれなかった。

　それ以来、私はこの自分の中の化け物をなんとかしようとしてきた。そして、どうにか私が化け物になる原因が『魔法』によるものだと分かり、さらには解決の糸口と思しき『魔女商会』の尻尾をもう少しで掴めそうだったのに。

　どうしてこんなことになった？

「それで？　報告とは……」

　いつもならどんなことにも冷静に対処する執事が珍しく顔を伏せ、言いよどむ。

「どうした？」

「アルベール様、どうか冷静にお聞きください」

　こほんと小さな咳払いをしたあと、執事は再び口を開いた。

「ベッドに血痕がございました」

「血……？」

　自分の身体を見回すが、特に異常はない。

「あの娘が怪我をしているのか？」

　彼女のことを思い出そうとして、そのまま今朝の出来事が頭に浮かびそうになり、慌てて振り払った。小さな顔と美しい裸体を頭の隅に押しやる。

「いいえ、お怪我ではございません」

　私の様子など気にもとめず、執事はゆっくりと答えた。

「だったらなんだというのだ、もったいぶらずに話せ」

そう促しても、我が家の老執事はなかなか話し始めない。私が幼い頃から仕えてくれているドゥーロックが、これほど気まずそうな顔をするのは初めてだった。

「それが……」

「それが……？」

そこで執事は何かを覚悟したように私の目を見つめた。

「破《は》瓜《か》の血だと思われます」

破《は》瓜《か》……はか……は、か。

執事の言葉が頭に入ってこない。

「今侍女たちに話を聞きに行かせておりますが、状況から考えてまず間違いないでしょう」

今朝、彼女は言っていた。『夜』が自分をここに連れてきたのだと。今にも泣き出しそうな儚《はかな》げな声で、私のことをヨル様と呼んだのだ。

彼女も私も、服はおろか下着すら身につけていなかった。

そして、ベッドに残った、血の跡。

「待て！　いや、そんなはずはない！　アレはただ暴れるだけの獣のようなものだ！　今までだって他人に興味を持ったことなどなかったではないか！」

そう言いながらも、頭の中には様々な違和感が浮かんでいく。

『夜』はいつも暴れるだけ暴れたあと、その場でうずくまるようにして私と入れ替わることが多かった。朝になり、目を覚ました私は、身体の痛みと、自分がどこにいるか分からないことにいつも辟易《へきえき》としていた。昨夜のようにベッドの上で目覚めたことなどない。

部屋の中もそうだ。いつもならめちゃくちゃに荒らされ、嵐のあとのような有様になっているはずが、今日はほとんど壊されていなかった。

一番おかしいのは、やはり彼女だ。『夜』は物であろうと、人であろうと関係なく攻撃する。そんな化け物と一夜を共に過ごして無傷でいられるはずがない。

「やはり、彼女はどこか怪我をしているのだ！　その血が付いただけで……」

「アルベール様」

執事の諭《さと》すような声が響く。

「それは有り得ません。私がこの目でしかと確認致しました。あの方の肌には傷ひとつございません。しかし……」

「なんだ！　やはり何か？」

「痣《あざ》が身体中にございました。まるで花を散らしたような小さな痣《あざ》がそれはたくさん……」

痣《あざ》？　花を散らしたような……

「あれは、キスマークでございますな」

「き、キスマーク……？」

「アルベール様。どうやら貴方様よりも先に『夜』様は大人になられたようでございます」

◆◆◆

「あ、あの……」

　声をかけた瞬間、ふたりの侍女が同時にこちらを向きました。よく見るとふたりは顔立ちが似ています。

「はい！　なんでございましょう？」

　答えたのは、私から見て右側に立つ赤毛の女性です。私よりほんの少し歳上でしょうか。上品なデザインの黒い侍女服に白色のエプロン。柔らかそうな赤毛をひとつに束ね、頬には小さなそばかすのある、明るそうな人。

「ここは、一体どこなのでしょうか？」

　侍女ふたりに甲斐甲斐しく身支度をされながら、私は困惑を隠せずにいました。

　そんな私を無視して、もうひとりの侍女さんは私に高そうな服を着せ、髪を結い、軽い化粧を施します。

「申し遅れました、私はこの屋敷で侍女をしておりますアンと申します。そちらの侍女はトロワ、私の妹です」

　トロワと呼ばれた侍女は無表情で小さく頷くと、またテキパキと作業に戻っていきます。彼女は茶色の髪と白い肌。目の色だけは同じ青色の姉妹です。

「すみません、トロワはとても無口なんです。話せないわけではないんですが、まぁ気にしないでください。無表情なのも生まれつきで決して何かに怒っているわけではありません」

無口なトロワに比べ、アンはよく喋《しゃべ》ります。顔は似ているのに、似ていない、不思議な方々。

「ああ、そうでした！　ここはどこかとお聞きになりましたね！」

アンが話す間にも、トロワの手によって私はどんどん着飾られていきます。

「ここはアリアスタ帝国とリーン王国の国境、エルバス辺境伯の領内。その領主であるエルバス辺境伯様のお屋敷でございます」

その言葉に私は周りを見回しました。豪奢《ごうしゃ》な部屋の調度品。よく見ると生家で見たことのないようなデザインのものばかりです。

「帝国……？」

私はいつの間にか国境を越えてしまっていたようです。

「はい。ちなみにこの屋敷の周りにある森はすべてエルバス辺境伯の私有地です。何人たりとも辺境伯様の許可なく立ち入ることを禁止されております」

その言葉に背筋がスッと寒くなりました。

「あ、あの私、何も、何も存じ上げなくて……本当に申し訳ございませんでした」

「いいえ！　ソフィア様が謝ることなど何もございません！」

アンの顔がスッと目の前まで近づいてきて驚きました。

「ソフィア様は『夜』様の大切なお客様ですから！」

ニッコリと笑うアンさんはなぜかとても嬉しそう。

「でも……」

今朝の出来事を思い出し、私は顔を伏せました。彼はどうしてこんなところにいるのかと怒鳴り、私を冷ややかな目で見つめ、振り返ることもなく寝室を出ていったのです。

「ああ……まぁ、そのことについてはこれから説明があると思います。私たちの口からは何も言えませんのでお許しくださいませ。さぁ！　完成いたしました！　公爵令嬢に相応《ふさわ》しい装《よそお》いになったと思いますよ！」

手渡された手鏡を覗くと、そこには自分とは思えない美しい姿が映っていました。

「あの、どうして私の名前を？　それに」

名前も、身分も私は言っていないのに。

「トロワ、あれを」

アンがそう声をかけると、トロワが部屋の隅からある物を取り出しました。

「それは……！」

それは昨夜襲われた馬車の中に置いてきたはずの私の荷物でした。ボロボロになっていますが間違いありません。

「どうぞ中身をご確認くださいませ」

私はすぐに鞄を開け、あるものを探しました。この世にただひとつ大切なもの。

「ああ、良かった」

それは亡くなった母からもらった真珠のブローチ。義母や義妹に奪われないように必死に隠し持っていた、ただひとつの形見です。

「あの、書類が……書類が入っていませんでしたか？」

私と引き換えに多額のお金が公爵家に支払われるという誓約書の控え。その書類が見当たりません。あれがなくては娼館からお金が支払われないかもしれません。

「書類はご当主様が預かっております。そのことについてもこれから説明があるはずです」

こうして私は、この屋敷の主であり、辺境伯である『夜』様、いいえ、アルベール様とお会いすることになったのです。


「失礼いたします」

侍女のふたりに案内された部屋は、昨夜過ごした寝室の隣にありました。どうやら執務室のようで、大きな執務机と応接用のソファセットがある、落ち着いた雰囲気の部屋です。

ソファのひとつに腰かけると、すかさず温かい紅茶が出されました。

「ありがとうございます……」

「いいえ、とんでもございません」

優しく笑いかけてくださるのは、執事のドゥーロックさん。完璧な所作の年配の執事です。

チラリと執務机を見ると、そこに腰かけたこの部屋の主と目が合いました。しかし、そこにあるのは昨夜見た金色の瞳ではなく、その髪色と同じ漆黒の瞳。

ギロリと睨みつけられ、私はすぐに目をそらしました。

「アルベール様！」

老執事の鋭い声に応えるように、小さな溜息が聞こえました。

「侍女たちから説明があったと思うが、私はアルベール・エルバス。この地で辺境伯の地位を賜《たまわ》っている」

低い声、それはやはり昨夜ベッドで聞いたものと同じです。

「何度も同じことを聞いて悪いが、君をここに連れてきた男は自分のことを『夜』だと言った。それに間違いはないな？」

私は小さく頷きました。

「それは私と同じ顔で、瞳が金色の男だった」

再度、私は頷きます。朝から老執事さんにも侍女さんにも何度も聞かれたことです。

「それで、その、君は……」

辺境伯様が何を聞きたいのか分かり、私はさらに顔を伏せました。耳が赤くなるのを感じます。

そっとお腹に手を当てると、身体の奥がズキリと痛みました。

「ああ……なんということだ」

机に肘をつき、頭を抱える辺境伯様。私は勇気を振り絞りました。

「あの……昨夜は辺境伯様のお屋敷だと知らず勝手に上がり込み、本当に申し訳ございませんでした」

勝手に上がり込んだというのは少しおかしいかもしれませんが、辺境伯領内と知らなかったことは私の落ち度。

「本当に申し訳ございません……昨夜のことはきっと何か理由がおありなのですよね」

どうして昨夜と別人のようなのか、見た目も性格も何もかも。

「ここで見聞きしたこと、私に起こったことは誰にも言いません。私のことはどうか捨て置いてくださいませ。あの……できれば人のいる街道までの道を教えていただきたいのですが……そうすればすぐにでもここを出ていきます」

自分自身の言葉にじわりと涙が浮かびました。

早く行かなければ。ここは私の居場所ではないのです。

ひとときだけでも優しくしてもらえた。私なんかのことを可愛いと抱きしめてもらえた。

昨夜のことは夢のようなものだったと思いましょう。

泣いてはいけません。私が誰かに愛してもらえるなんて、そんなことあるはずないのだから。

「残念だが、それはできない」

「え？」

顔を上げると、今度はまっすぐに彼がこちらを見ていました。

「私の秘密を知られた以上、君をここから出すわけにはいかない」

私にそう告げた声は、とても冷ややかなものでした。

「でも……私は」

「君はこの誓約書を読んだのか？」

アルベール様が取り出したのは、私の鞄に入っていたはずの娼館との誓約書です。

「いいえ、中身は確認しておりません」

父がどういう経緯で娼館と契約を交わしたのかも、それがどんな内容なのかも私は知りません。

ただ、私がいくらで売れたのか。その金額を見せられただけ。

「残念だが、今の君ではもうこの誓約を果たせない」

「え……？」

誓約を果たせない？

「ここには、君が処女であることが必須の条件だと書かれている」

辺境伯様の言葉を理解するまでに、時間がかかりました。

私が処女であることが条件だなんて。

「し、知りませんでした……」

それがどういうことなのか、必死に頭を巡らせる。

「今、君が娼館に行ったとしてもこの誓約書どおりの金額が支払われることはないだろう。良くて半額、悪ければさらに値切られる。あちらもその筋の人間だ、身体検査をされればすぐに……」

「そんな！」

それでは公爵家の借金を返すどころではありません。父が、あの義母がなんと言うでしょう。

義妹の嘲笑《あざわら》うような笑い声が聞こえた気がしました。

「そんな、私、一体どうしたら……」

堪えていた涙が一気に溢《あふ》れ出しました。あの家のため、亡くなったお母様と優しかった頃のお父様の思い出のため。私にはこれしかできないのだと、必死に言い聞かせてきたのに。

ボロボロと零《こぼ》れる涙を手のひらで拭おうとすると、そばに控えていた執事さんからスッと真っ白なハンカチが差し出されました。

「申し訳、ございません。ありがとうございます」

せっかく施していただいた化粧が落ち、ハンカチを汚してしまいました。

そのとき、アルベール様が席を立ち、私のそばで頭を下げられたのです。

「本当に申し訳ない」

「え、あ、そんな……」

帝国の辺境伯様といえば、古くは帝国の皇族の血を引く御方だと聞いています。そんな方が私のような者に頭を下げるなんて。

「どうか頭を上げてくださいませ」

それでもアルベール様は頭を下げ続けます。

「こちらの都合でこんなことを起こしておきながら言える立場ではないのだが、どうか君にはここに留まってもらいたい」

頭を上げた彼の目には申し訳なさと、そして何かに対する怒りのようなものがある気がしました。

「『夜』の存在を知る者は限られる。たとえ君が誰にも話さないと言ったとしても、それを信用することはできない。それだけ、アレの存在は秘匿《ひとく》されているのだ」

私は頷くことしかできませんでした。

「『夜』は私であって、私ではない。アレを制御することは私にもできない」

私であって、私ではない。一体どういう意味なのでしょうか？

「しかし『夜』が君を連れてきた以上、君をどこかへやればアレが怒りかねない。怒ると何をしでかすか……」

それに同意するように、執事さんも大きく頷きました。

「娼館のことはこちらで少し調べさせてほしい。君の生家のことも……」

憐《あわ》れむような視線を向けられて私は理解しました。

知られているのでしょう、我が公爵家の現在の状況を。ここは公爵領からも比較的近く、父や義母の噂が広まっていたとしてもおかしくありません。

そしてあの誓約書を見れば、公爵である父が実の娘を売ったことは明らかです。

「しばらくはここで……」

「あの、お願いがございます！」

グッと涙を堪え、アルベール様の漆黒の瞳を見つめました。

「どうか、私をこちらのお屋敷で働かせてください」

深く頭を下げる私の耳に、小さな溜息と共に「分かった」という言葉が聞こえてきました。

この日から私はエルバス辺境伯家の侍女となったのです。森深いお屋敷の昼と夜の秘密を知る、不思議な侍女に。

◇◇◇

「ソフィア」

その声は甘く、昼間聞いた声と同じはずなのにまったく別人のもののように響きました。

「良かった、いなくなったかと思った」

昨夜と同じ辺境伯様の寝室で、同じベッドで、昼間と同じ人に抱きしめられている。

「私はどこにも行きませんわ」

同じ。そのはずなのに、違う。信じられないような話です。でも、信じるしかありません。

だって私は知っています。昼のアルベール様のことも、夜のヨル様のことも。

「んんっ」

昨日と同じベッドに押し倒され、唇を塞がれました。昼間、アルベール様から説明を受けていても、やはり戸惑ってしまいます。

ヨル様は、アルベール様ではありません。でもその身体も顔もアルベール様なのですから。

「んぁ……、ヨル様」

今日はその美しい黒い髪も乱れていない、昼間会ったアルベール様のまま。顔も隠れていないので余計にドキドキしてしまいます。

「ソフィア、泣いた？　目が赤い」

金色の瞳が心配そうにこちらを覗き込んでいます。

アルベール様はヨル様を化け物だと言っていました。手綱のついていない獣なのだと。

でも、私にはそうは思えないのです。だって私をこんなに優しい顔で見つめてくれている。大きな手で頬を撫でてくれています。

「ヨル様、少しだけ、私と話をしてくださいませんか？　ヨル様のことをもっと知りたいのです」

こうして、私の夜と昼の不思議な生活が始まったのです。

ヨル様と過ごすための規則その一。ヨル様の前でアルベール様の話をしてはいけない。

「ヨル様、これは？」

「トラ、ンプ。今日はこれやりたい」

初めての夜から早一週間が経ちました。

身体を重ねたのは最初の一度きりで、それからはこうしてふたりで話をしたり、本を読んだり、カードゲームやボードゲームをしたりして夜を過ごしています。

目をキラキラ輝かせてこちらを見ているヨル様は、まるで小さな男の子のようです。

「では今日はこれで遊びましょう」

ニッコリと笑いかけられると、私まで嬉しくなってしまうのです。

ヨル様と過ごすための規則その二。できる限りヨル様が物を壊さないように気をつける。誰かを、そしてヨル様自身も傷つけることのないように。

「……ふぁあ……」

「ソフィア、眠いのか？」

朝早くの仕事は免除していただいているものの、昼間は侍女として働き、夜はヨル様のお相手をしています。夜も更けてくると、さすがに眠くなってしまうのです。

「すみません、少しだけ」

「今日も一緒に寝ていいか？」

私が頷くとヨル様は嬉しそうにベッドに入り、その隣に私も横になります。

「ん……」

私の頬を包む大きな手と柔らかな唇の感触。何度も口づけを交わし、ようやく解放されました。

「また明日、ソフィア」

安心したように目を閉じるヨル様は、おやすみのキスだけは毎日欠かしません。

「はい。おやすみなさいませ、ヨル様」

ヨル様と過ごすための規則その三。

隣から安らかな寝息が聞こえ始めると、私はそっとベッドを抜け出しました。決して音を立てないように。

朝が来るまでに、必ず自室に戻ること。それはアルベール様との大切な約束です。

このエルバス辺境伯邸は外からは二階建てに見えるのですが、実は地下にもう一階あります。そこには使用人の方々の私室と、ヨル様に壊されてはいけないものを保管するための保管庫があるのです。

屋敷内の調度品はそのほとんどがレプリカだそうで、本当に高価なものや貴重な品はこちらに保管されています。

私はまだ誰も起きてこない明け方に地下にある与えられた自室に戻り、眠りにつくのでした。

「おはようございます」

「おはようございます」

昼食の用意がされた使用人用の食堂で、私はいつものように挨拶をします。今日の料理当番は侍女のアンのようで、トロワの姿はありませんでした。アルベール様のおそばに控えているのでしょう。

「もう少しお休みになっていてもよろしいのですよ？」

「いいえ、そんなわけにはまいりません」

執事のドゥーロックさんの向かいの席に腰かけると、美味しそうな匂いが漂ってきました。

昼食は温かいトマトスープとハーブで焼かれたチキンのサンドイッチ。材料のほとんどがこのお屋敷の庭で育てられたものです。

「本当ですよ。ソフィアさんは真面目すぎます。私だったら毎日昼過ぎまで寝て、食べて、また寝て過ごしますね、絶対」

アンはテキパキと紅茶を淹《い》れながら話します。それを無視して、ドゥーロックさんは早々に食べ始めてしまいました。

「いただきます。アンさん、ありがとうございます」

「いいえ、こんな簡単なもので申し訳ないですけど。あと私のことはどうか呼び捨てにしてください、こそばゆいので」

恥ずかしそうな様子のアンがなんだか可愛らしくて笑ってしまいました。それを見てアンもドゥーロックさんも笑って、三人で顔を見合わせてまた笑いました。

しばらく忘れていた楽しい記憶が蘇《よみがえ》るようでした。

お母様がいて、優しいお父様がいて、使用人も皆本当の家族みたいで温かかった幼い頃。あの頃に戻ったみたいです。

「でも、本当ソフィアさんには感謝しかないですよ。毎朝の片付けから解放してくれたんですから」

「いくら感謝しても、しきれないです。いくらレプリカとはいえ、毎日となると金額もバカにならないですから」

私がこの辺境伯邸にやってくるまで、使用人の方々の朝一番のお仕事はヨル様の散らかした部屋の片付けだったそうです。

粉々になった花瓶や水差し、破れたカーテンや絵画。それらをすべて片付け、新しいものを飾っていく。

「この屋敷に来客はほとんどありませんが、皇族の血を引く辺境伯の屋敷に調度品がまったくないというのはまずいですし、ごく稀《まれ》に来客があることもありますので」

たしかに毎日片付けるとなれば大変なことです。

「ほんとソフィアさんが来てくれて良かったですよ。私もトロワも妹ができたみたいで嬉しいし」

「あ、あの……」

この屋敷に来られたことに感謝したいのは私のほうです。まだ一週間しか経っていないのに、こんなにも温かい気持ちにさせてくれる場所。

「どうか、私のこともソフィアとお呼びくださいませ。その……私もそのほうが嬉しいです」

自分からこんなことを言うのは初めてで、頬が熱くなるのを感じました。

次の瞬間、がばっとアンに抱きしめられていました。

「どうしようドゥーロックのおっさん！　この娘めっちゃ可愛いんだけど！」

「アン、おやめなさい。ソフィア様が困っていらっしゃる。申し訳ないのですが、私にとってソフィア様は『夜』様の大切なお客様ですので、そんな気安くお呼びすることはできません」

「あんな頭の固いおっさんのことなんて気にしなくていいっすよ、私は遠慮なくソフィアって呼ぶから！」

アンの砕けた口調に少し戸惑いながらも、また距離が近づいたみたいで嬉しくなりました。

「今日は一緒に畑仕事してみます？　今までは貴族のご令嬢にそんなことさせられないって言われ

てたんで誘わなかったんですけど」

「やります！　ぜひやらせてください！」

◆◆◆

「それで昨夜の報告は？」

視線は机の上に置かれた書類を見つめたまま、我が主人であるアルベール辺境伯は問いかけました。

ご当主様のことをよく知らない者ならば、その様子は普段と変わらないように見えたでしょう。

しかし、彼が生まれたときからお仕えしている私は知っています。いつもなら五分とかからず終わらせる書類一枚をもう十分以上も見つめていることを。

その原因がこの部屋の窓の外、屋敷の裏手にある庭から聞こえる女性の笑い声であることも。

「昨夜は一晩中トランプをして過ごされたとのことです。『夜』様はトランプゲームのルールもすぐに覚え、とても楽しそうだったそうですよ」

昼食後、ソフィア様からの報告をアルベール様にお伝えすることが日課になりました。そんな遠回しなことはせず、直接彼女から聞けば早いと思うのですが。

まぁ、それができれば苦労はしませんね。

「トランプ……」

「はい、夜が更ける頃にはふたり一緒にベッドに入り、お休みになったそうです」

その瞬間、ボキッという音と共にアルベール様が手にしている万年筆の先が折れました。書類にみるみる大きなインク染みができていきます。

「……こちらを」

「すまない……」

私はすぐに代わりの万年筆を差し出します。もうこれで何本目でしょうか、この一週間で万年筆を捨てるのは。

アルベール様は諦めたように立ち上がり、窓から下階を見つめます。裏庭にある畑では、侍女のアンと共にソフィア様が畑の手入れをしております。

「公爵令嬢であるソフィア様に畑仕事などさせられないと申し上げたのですが……どうしてもと」

「構わない、好きにさせてやれ」

本来ならば客人として扱わなければならないソフィア様は、嫌がるどころかむしろ喜々として侍女の仕事をこなしております。

「どうやら公爵邸でもソフィア様は使用人の仕事をさせられていたようです。炊事も洗濯も手慣れた様子だと聞いています」

「そうか……」

ソフィア様のお父君――レスター公爵の悪い噂が聞こえ始めたのは、一体いつ頃だったでしょうか。

愛妻家で家族思い、その商才を発揮し領民からの信頼も篤《あつ》い。そんなレスター公爵が実の娘を使用人のように扱い、借金返済のため娼館に身売りさせるなど……

「ただの噂だと思っていましたが……そんな簡単に人が変わることなどあるのでしょうか」

「あるのだろう、ただの男児が一晩で獣に変わることもあるのだから」

アルベール様の自虐的な言葉に、私はなんと答えればいいか分からなくなります。

「まさか『夜』がここまで彼女に懐くとは」

懐くという言葉が正しいのかは分かりませんが、『夜』様がソフィア様を大切にされていることはよく分かります。

「しかし、それもあと何日もつか……逃げ出さないといいが」

「ソフィア様はそんな方ではありませんよ」

アルベール様はきつく手を握りしめ、窓の外を睨みつけています。

「あと二週間もすれば、あの娘もすべてを理解するだろう。『夜』がどれだけ凶暴な化け物か」

そうしてアルベール様はまた書類仕事に戻られました。

私はそのまま窓の外を——庭で可愛らしく笑うソフィア様の姿を見つめていました。

『夜』様の凶暴さは、月の満ち欠けに大きく影響されます。

一週間前、ソフィア様を連れてきたのが凶暴性の高い新月の頃。月が満ちていくにつれ『夜』様の凶暴さは少しずつ薄れ、満月の夜はほとんどを眠ったまま過ごされます。

そして月が欠けていくにつれその凶暴さは増していき、周りのものすべてを破壊し始めるのです。

ソフィア様にもご説明しました。それでも『夜』様のそばにいると決めたのはソフィア様ご自身です。

私には、彼女が『夜』様を見捨てるような人には見えません。

しかし、アルベール様は信じようとしないのです。今まで多くの者に裏切られてきた主だからこそ、仕方がないのかもしれませんが。

「純潔を奪っただけでなく、跡の残る傷でもつけてしまえば本当に取り返しがつかない」

こうしてソフィア様の身体を心配されているのはアルベール様の優しいところです。

「そうなったら、アルベール様がソフィア様を娶《めと》って差し上げればいいだけなのでは？」

その瞬間、主人はみるみる顔を朱に染め、小さく震え始めました。

「な、何を、バカなことを！　わ、私のような、化け物が、そ、それに、彼女と、私では、と、歳が、は、離れすぎて」

激しく動揺する主人を見て、込み上げる笑いを抑えるのが大変です。

「貴族同士なら、十二の歳の差などそれほど珍しいことでもありますまい」

今年とうとう三十歳になる主人は、あわあわとするばかりでどうしようもありません。

まさかこんなところで、『夜』様に先を越されるとは。

私にはずっと疑問だったことがございます。

アルベール様は、自分と『夜』様が別人だと仰《おっしゃ》います。それはもちろんそうなのでしょう。アルベール様には夜の記憶がなく、おそらく『夜』様には昼間の記憶がない。

しかし、同じ身体を共有し、同じ場所で時間を過ごしているのです。もう二十年以上もの間ずっと。

ソフィア様の話では『夜』様にはきちんとした理性があり、学習能力もある。いつも暴れているわけではないのです。

夜の間、何かを考え、何かを思っている。そのことが証明されたのです。

では、アルベール様と『夜』様が似ている、ということはないのでしょうか。なんでもいいのです。考え方、趣味嗜好、そういったものが似ることはないのか。

そう、たとえば、たとえばです。素敵だと思う女性の好みが似ているということはないのでしょうか。

ソフィア様は言っていました。夜の森で、『夜』様に初めてお会いしたとき、「かわいい」と、言われたと。

たしかにソフィア様は大変愛らしく、綺麗というよりは可愛いと言われる容姿です。華奢《きゃしゃ》で繊細、男性ならば守ってあげたくなるような御方。

その可愛いという想いは、本当に『夜』様だけのものなのでしょうか。

「だ、だから、だな。たとえ、貴族社会で、普通であっても、それは、私には、あ、当てはまらないだろう。そもそも、彼女にも、好みというものが……」

真っ赤な顔でブツブツ言っている主人に、もうひとつ報告があったのですが、それはまだ言わないでおくことに致しましょう。

――『夜』様は毎晩ソフィア様とおやすみのキスをして眠られているそうですよ。

そんなことを伝えたら、主人は今日一日仕事が手につかなくなってしまいそうですからね。

# 第三章

「今日は一日休んでくれて構わない」

昼食後、あの日以来、初めて呼び出された執務室でアルベール様はそう仰《おっしゃ》いました。

私は侍女としてこのお屋敷で働いているものの、仕事のほとんどは雑用ですので当主であるアルベール様にお会いする機会はありません。

夜の間はヨル様とお会いしているので、不思議な感覚ではあるのですが。

「今日は満月だ。以前説明したと思うが、一ヶ月のうちこの日だけは『夜』は絶対に暴れない」

月の満ち欠けがどうしてヨル様に関係するのか、それは誰にも分かりません。当事者であるアルベール様にも。

「あの、満月の夜の間、アルベール様は……？」

「『夜』が起きないからといって、私の意識があるわけではないのだ。ただ、『夜』が眠っている、それだけだ」

アルベール様のどこか寂しそうな雰囲気。それは夜の間ふと見せるヨル様の表情にとても似ていました。

「あの……今日もいつものようにおそばにいてもよろしいでしょうか？」

私の言葉がよっぽど意外だったのか、アルベール様はひどく驚いた様子でした。

「は、……いや、わざわざそんなことをする必要はない。君も夜の間眠れないのは辛いだろう」

たしかに夜の間ずっと起きているのは大変です。でも、ヨル様には夜しかないのです。私の大変さなど、それに比べればなんてことはありません……

「たとえ満月でもヨル様がずっと眠っているのかは分からないのですよね？　もしかしたら夜中に目を覚ますかもしれません。そのときおひとりだったら、きっと寂しいと思うのです」

ただの自己満足かもしれません。私がいるから何ができるわけでもありません。でも私がおそばにいたいのです。

「私ならきっと寂しいです。どうかお許しいただけませんか？」

そのときのアルベール様の表情をなんと表現したらいいのでしょう。とても驚いているような、悲しんでいるような、複雑な顔をされていました。

「君がそれでいいなら構わない。どうせ私の意識もないのだ、自由にしてほしい。ただ……」

「………はい？」

「……日が暮れるまでの間、少し私と……、話をしてくれないか？」

それから私はいつもどおり仕事をこなしました。しかし、夕方前になるとなぜかアンとトロワに連れていかれ、ここに初めて来たときのように着飾られました。

「あの、わざわざ着替えるのですか？」

「もっちろん！　あの、ヘタレなアルベール様からのお誘いだからね、気合い入れていくよー！」

あの、と、アルベール様からの、の言葉の間に、とても不敬な言葉が聞こえた気がしたのですが。

アンとトロワはさすが姉妹というべきか息ぴったりの早業で、私はあっという間に侍女から貴族令嬢へと変身してしまいました。

「このワンピースは」

「これはアルベール様のお母様、エミリア様のものだよ。昔はこのお屋敷でご両親とアルベール様の三人で住んでいたのさ。まぁ、『夜』様が現れてからは、離れて暮らしているけどね」

ペールイエローのフリルワンピース。繊細なレースがたくさんあしらわれ、私にはもったいないくらい美しい品です。

「それはいつ頃から」

「たしか、アルベール様が七歳くらいの頃だったかな？　私はまだこの屋敷にいなかったからね、よく知らないんだけど」

そんなに幼い頃から、アルベール様はおひとりで……

「まぁ、聞きたいことがあるならこの機会に聞いてみたら？　ソフィアのお願いなら絶対断らないと思うよ」

「そんな……私は……嫌われていますから」

すると、テキパキと動いていたふたりの手がピタと止まりました。

「どうかしましたか……？」

「……それ、本気で言ってる？」

「え？」

アンだけでなく、トロワまで私のことをジッと見つめています。

「いやぁマジか。そりゃ、あの顔で睨まれたらそう思うよね。まぁ元々顔怖いし、怒ってなくても怒っているみたいな目だけど。でもアルベール様がソフィアを嫌ってるなんて有り得ないよ」

トロワも大きく頷きました。

「でも……」

ヨル様に連れてこられたとはいえ、私のような者が突然屋敷にやってきて大切な秘密を知られるなんて、嫌っても当然のことです。

最初にお話しして以降、今日呼ばれるまで、一度もアルベール様とはお会いしていませんでしたし。

「フォローするわけじゃないけど、アルベール様は毎日ソフィアは大丈夫かって心配してるよ」

「そうなのですか？」

「本当ならお客様扱いされて当然なのに、夜も昼も働いてるんだもん。気にするよ」

初めて知りました。たしかに仕事中、ふと顔を上げるとアルベール様がこちらを見ていらっしゃることが何度かありました。

あれは私が逃げたりしないように見張っているのだと思っていましたのに。

「アルベール様はお優しい方なのですね」

ふと気づくと、またふたりの動きが止まっていました。

「それ本人に言ってあげてよ。きっと喜ぶから」

うんうんと、トロワも大きく頷いていました。私なんかの言葉でアルベール様が本当にお喜びになるでしょうか。

「さぁ、早く行かないと日が暮れちゃうよ」


「………」

「…………」

豪華なティーセットが並べられたテーブル。色とりどりのケーキと焼き菓子、そして花の香りの芳《かぐわ》しい紅茶。

でも、どれを口にしてもまったく味がしません。気まずいです。静かな部屋にカチャという食器の触れ合う音しかしません。

アルベール様から話がしたいと言われ準備されたお茶の席ですが、もう三十分は無言なのです。なぜか部屋にはふたりきりで、使用人の皆さんも見当たりません。せめてアンがいてくれたら。今こそあのお喋《しゃべ》りを発揮してほしい。

「……」

何か話をしなければ、そう思って顔を上げると、目の前に座るアルベール様と目が合いました。長い黒髪を軽く束ね、シルクシャツ姿のアルベール様は凛《りん》としていて見惚《みと》れてしまいそうです。

しかし、次の瞬間、ふいと顔をそらされてしまいます。

「あ、……」

やはり私のことを良く思っていないのでしょう。もしかしたら他言しないという誓約書を書かされ、このお屋敷から出ていけと言われてしまうのでは……

「あの、本当に申し訳ございません……」

「………え、あ」

「私のような者がおそばにいるなんて、やはりお嫌ですよね。気に障るようでしたら、アルベール様のお目に触れないところで働かせて……」

「違う……！」

顔を上げると、アルベール様は立ち上がり、なぜか今にも泣き出しそうな顔をしていました。

「違うんだ、そんなことは思っていない！」

暖かいサンルームに大きな声が響き渡ります。

「す、すまない……声を荒らげるつもりでは……」

アルベール様はゆっくりと座り直し、紅茶を一口お飲みになりました。

「謝らねばならないのは私のほうだ。君を遠ざけるようなことをしてしまった」

遠ざけるとは一体どういう意味でしょう。

「君は『夜』に無理矢理連れてこられた。生家に戻れない理由があるとはいえ、いやいやこの場所にいるのだと思っていたのだ」

「そんな！　私は、私の意思でここにいるのです！」

たしかに私には戻れる場所がありません。できることなら娼館にも行きたくない。今はこのお屋敷にいることしかできません。

　でも、ここにいるのが嫌だなんて思ったことはないのです。

「そうなのだな、今日よく分かった。君が心から『夜』を思ってくれていることが」

　いつもヨル様のことを話すとき、アルベール様は険しい顔をされます。ですが、今はそれが少しだけ優しいものに見えました。

「君は言ったな、『夜』もきっと寂しいだろうと。夜中に目が覚めたときひとりだと自分も寂しいからと。君は『夜』を自分と同じ人間として扱っているのだな」

　どうしてそんなに悲しそうな顔をされるのでしょうか。

「ヨル様は化け物などではありません。私にとって命の恩人なのです。優しく大切な方ですわ」

　アルベール様は小さく頷くと、優しく微笑みました。

「どうして『夜』が君を大事にするのか分かった気がする。その気持ちがこれからも変わらないことを祈っている」

　その後は他愛もない話をし、穏やかな表情のままアルベール様は早々と寝室に向かわれました。

「もう少しで、分かりそうなんだ。私たちのこの呪われた生活の原因が……。どうかそれまで……」

　アルベール様の去り際の言葉の意味を、私はまだ知りませんでした。

　美しい満月の光が差し込む窓辺で、私は刺繍《ししゅう》をしながらヨル様の寝息を聞いていました。

私が刺繍《ししゅう》をするのが好きだと知ると、ヨル様が自分にも何か作ってほしいと仰《おっしゃ》いました。だから、ハンカチに刺繍《ししゅう》をすることにしたのです。

柄はカサブランカ。花言葉は高貴です。夜を思わせる濃紺の下地に真っ白なカサブランカの花を、一針一針咲かせていきます。

私には、やはりヨル様が化け物だとは思えません。でもアルベール様にはどうしてもヨル様を許せない理由があるのですよね。

いつかふたりが分かりあえますように。その願いを刺繍《ししゅう》に込めて、私は今できることをひとつずつやっていきましょう。

「……ん、…………」

そのとき、ベッドから何か聞こえた気がしました。

「ヨル様……？」

そっと枕元に近づくと、うなされているヨル様の目元に涙が伝っていました。

「ヨル様？　どこか具合が悪いのですか？」

涙を拭うと、はっきりと彼の言葉が聞こえました。

「ごめんなさい……、ごめんなさい……お母様、ごめんなさい」

「……」

その大きな手を握ると、うっすらと彼の目が開きました。

「ソフィア」

「はい、ヨル様。私はここにいます」

彼の手が私の手を強く握り返してくれました。

「ずっとおそばにおります。安心してお休みください」

そのまま彼はまた夢の中に戻っていきました。

いつかその涙の理由を教えてもらえたら……

「お休みなさいませ」

彼の額に小さなキスを落とすと、私はまた窓辺に戻り刺繍《ししゅう》を再開しました。

こんな平穏がずっと続けばいいのにと願わずにはいられませんでした。公爵令嬢としてではなく、ただのソフィアとしての生活。たとえ仮初《かりそ》めでも、私にとっては温かく優しい日々。

変わってしまった父と意地悪な義母たちに虐《しいた》げられていた日々が、まるで遠い昔のことのように感じられます。

でも、そんな偽りの生活がいつまでも続くはずがなかったのです。

私は忘れたかったのです。自分のこれからの人生のことを。これから自分はどうなってしまうのかを。


屋敷に人が来ると告げられたのは、新月の日がやってくる、まさにその前日でした。

「明日、ソフィア様は一日私室でお休みください。決して外に出てはなりません。分かりましたね？」

王国から警備隊がやってくる。あるひとりの令嬢を捜して。

破壊された馬車の中から忽然《こつぜん》と姿を消したソフィア・レスター公爵令嬢を。

◆◆◆

「お初にお目にかかります」

その男は執務室に入ってきた瞬間から不遜《ふそん》な態度だった。金髪碧眼《へきがん》の端整な顔立ちだが、派手好みなのか、着ているものはゴテゴテとしている。

これが人捜しにやってくる格好かと私は神経を疑った。しかし、こんなことで怒っても仕方ない。今日はこの男に大人しく帰ってもらわねば。

「マリウス・クイールと申します。本日は貴重なお時間をいただき、誠にありがとうございます。私の愛しい婚約者の姉がこちらの領内で行方不明になりまして、何か手がかりがあればと思いお伺いした次第にございます」

「アルベール・エルバスだ。私に答えられることがあればお答えしよう」

向かい合わせてソファに腰かけると、男はその長い足を組みニヤリと笑った。

マリウスという男から面会の要請が来たのは、昨日のこと。本来ならばこの屋敷に知らない者を、ましてや彼女を捜しに来た者など招くつもりはなかった。

しかし、要請を断り、無断で領内を捜し回られても困る。彼女の話を聞く限り、義母も義妹もろくな人間ではない。義妹の婚約者もどんな男か。

「しかし、私の領内で壊れた馬車が見つかったというだけで詳しいことは知らないのだ。その場にあったものはすべて街の警備隊が回収している。私と会うよりもそちらに行ったほうがいいと思うが？」

「もちろん、そちらにも行きましたが、彼女がどこにいるか、手がかりになるようなものは何も見つからなかったのです。壊れた馬車の破片くらいしかありませんでしたので」

ニヤニヤと笑みを浮かべそんなことを話す男に、彼女を心配する素振りは見られない。

「ではどうしてこちらへ？　そもそも、本当にその馬車に乗っていたのですか？　貴方の婚約者の姉が」

そのときになって初めて、男は心配そうに目を伏せた。しかしその顔もなんだか芝居がかっていて、胡散臭《うさんくさ》いことこの上ない。

「それは間違いないのです！　同行していた御者が言うには、深夜この領地に迷い込んでしまい、たくさんの狼に囲まれたそうで！　彼も命からがら逃げ出したのです！」

目に涙を浮かべ、台詞《せりふ》を読み上げるように話す男。くだらない演劇を見せられている気分だ。

「御者だけ逃げたのですか？　大事なご令嬢を置き去りにして」

「仕方なかったのです！　彼にも大切な家族がいる身、どうか彼を責めないでいただきたい！」

会ったこともない御者を責めるつもりはない。なんだこの男は、役者か何かか？

「そもそも、なぜレスター公爵家のご令嬢がそんな時間に馬車に？　たったひとりでどこへ向かっていたんだ？」

　すると、男は胸元からハンカチを取り出し丁寧に涙を拭った。

「彼女は家出をしてしまったのです」

「家出？」

　さっきまで泣いていたかと思えば、今度はクスリと笑う。本当に気持ちの悪い男だ。

「ええ、実は私、いなくなったソフィア嬢と婚約しておりました」

「……は…………？」

　それを聞いた瞬間、頭の中が真っ白になる。

「婚約……」

「ええ、しかしそれはもう過去のこと。今、私の愛しい婚約者は彼女の妹のミッチェルですので」

　そう言って満面の笑みを浮かべる男に苛立ちを越えて殺意さえ覚える。

　彼女に婚約者がいたこと、それがこの気色悪い男だったこと、そのどれにショックを受けているのか、自分でも分からなかった。

　しかし、何よりも目の前の男の態度に腹が立つ。どうしてそんなことを笑顔で話せるのか、意味が分からない。

「姉の婚約者を妹が奪ったと……？」

「奪ったなんて人聞きの悪い。僕がそうお願いしたのですよ。正直言って姉のソフィアは地味な女で、見た目も性格も僕には釣り合っていなかったのです。それに比べて、妹のミッチェルは可愛くて。顔立ちも身体つきも極上の女ですよ」

その後もマリウスはソフィアを貶《けな》し続けた。地味で自己主張がなく何をやらせてもダメ。あんな女と結婚することにならなくて良かった。そんなことを男は話し続ける。

それを聞きながら私は必死に拳を握りしめていた。爪が手のひらに食い込んでも力を緩められない。今力を抜けば、コイツを殴りそうだ。

「そのことにソフィアは怒ってしまい、家出したところを狼に襲われたようなのですよ。まったく困ったものです。計画どおりに行動することもできないなんて」

その瞬間、理解した。この男はすべてを知っている。彼女が娼館に売られることも、それが誰の仕業なのかも。

すべてを知っていて、なお彼女を捜しているのだ。

「いい加減にしろ！」

「ひぃ……！」

怒りで頭がどうにかなりそうだ。私の声に驚いたのか、マリウスは途端に顔を青くして震え出した。

「貴君の理由などどうでもいい。どんな理由があろうと君のしたことは許されることではない！」

一体いつからソフィアはこんな男と婚約していたのだろう。彼女はこの男を想っていたのだろうか。

「婚約者の妹に乗り換えるなど笑い話にもならん！　君はそんな話をするためにここへ来たのか！」

「ひ、あ、いえ、その、何か手がかりが……」

「そんなものないとはじめから言っているだろう！　大変不愉快だ、さっさとお帰り願いたい！」

ひぃとか、あのとか言いながらマリウスは早足で部屋を出ていった。

「なんということだ……」

彼女は一体どんな気持ちで過ごしていたのだろう。使用人のように扱われる家で、元婚約者が妹と仲睦まじい様子を見ていたのだろうか。

「アルベール様」

隣室に控えていたドゥーロックが心配そうにこちらを見つめていた。

「聞いていたか？」

「はい……、まさか公爵家でこんなひどいことが起こっていたとは……」

「彼女は……」

その先の言葉を言えずにいた。彼女はあの男を愛していたのだろうか。今も想っているのか？

「アルベール様……？」

彼女に婚約者がいたという事実に、思った以上に打ちのめされていた。私にはショックを受ける資格すらないというのに。

「彼女にはあの男が来たことだけ伝えろ。余計なことは言わなくていい」

「かしこまりました……」

そろそろ日が暮れる。今日は新月の夜だ。

今までも何度も経験した、一ヶ月で一番憂鬱《ゆううつ》な日。しかし、今夜はいつも以上に心が重かった。

「何事もないといいが……」

◆◆◆

「痛っ……」

ぷすりと針を刺した指の先から小さく赤い血が流れ出しました。

「ソフィア！」

「大丈夫ですわ、すみません、少しボーッとしていて……」

心配そうに私の手元を覗き込むヨル様に笑いかけると、安心したように笑い返してくださいました。

「救急箱を取ってきますね」

寝室を出て扉を閉めた瞬間、大きな溜息が出てしまいます。

「マリウス様……」

どうして彼が来たのでしょう。私のことなんて気にかけてもいなかったはずなのに。

蝋燭《ろうそく》の明かりだけを頼りにキッチンへ向かい、棚から救急箱を取り出します。

「ヨル様に心配をかけてしまうなんて……」

アルベール様の心配をよそに、新月が近づいてきてもヨル様が暴力的になることはありませんでした。ただ、窓の外を眺め何かを考え込んでいることが増えました。

そんなヨル様がせっかく私の刺繍《ししゅう》を見たいと言ってくださったのに。

「家には帰りたくない」

マリウス様はアルベール様とどんなお話をされたのでしょう。私がここにいることに気づいたでしょうか。

マリウス様も変わってしまいました。

幼い頃に決められた婚約者。家同士の繋がりのために決められた縁談でしたが、不満はありませんでした。

マリウス様は優しくて、私のことをとても大切にしてくれていたから。

「親に決められた結婚だけれど、僕は君と温かい家庭を築きたい」

陽の光の降り注ぐ公爵家の中庭で笑いかけてくれたとき、この方が婚約者で良かったと心から思ったのです。

でもそんな優しかった彼も、義母と義妹が我が家にやってきてから変わってしまいました。

それまでマリウス様は贅沢を嫌い、公爵令息であっても質素倹約を心がける方でした。領民から徴収した税を自分のために使うのは間違っていると。

しかし、義妹と婚約してからのマリウス様は贅沢三昧。ご両親が止めるのも聞かず、今では怪しげなカジノにも出入りしていると聞きました。

教養があり、優しかったマリウス様もまた別人のようになってしまったのです。

「どうして変わってしまったのですか……マリウス様」

指先に血止めの薬を塗っていると、ふいに背後から声がしました。

「マリウスって誰だ？」

キッチンの入口に立つヨル様の瞳が怪しく輝いて見えます。

「ヨル様……？」

「マリウスって誰だ！」

突然の大声に身体が震えました。怒りを含んだ声。

「あ……」

「答えろ、マリウスは誰だ」

彼が手を振り上げました。大きな音と共にバラバラと木の破片が床に落ちます。キッチンの扉がひしゃげ、ありえない方向に曲がってしまっています。恐ろしいほど冷たい声に鳥肌が立ちました。

「マリ……ウス様は、私の婚約者……でした」

バキリと音を立て、扉が完全に枠から外れ、床に倒れました。

「でも、もう婚約者ではありません。マリウス様は妹の婚約者に……」

「ソフィアは俺のものだ」

ヨル様の大きな手が私の髪をそっと撫でた瞬間、私の肩がビクリと震えました。

「ソフィア、俺が怖いのか？」

頬を包む指の感触。いつものヨル様ではない触れ方。

「いいえ、怖くなんかありません！」

「嘘だ！」

強い力で肩を掴まれ、グッとヨル様の顔が近づきました。

「ソフィアは俺のものだ！　誰にも渡さない、マリウスにも、アルベールにも」

「アルベール様……？」

ヨル様がアルベール様の名を呼ぶのを、そのとき初めて聞きました。

「あんなやつの名前を呼ぶな。お前は絶対に渡さない。アイツはなんでも持ってる。俺の欲しいもの全部！　ソフィアもアイツのほうがいいのか？」

「ン、んん……」

乱暴に塞がれた唇から、ヨル様の舌が私の中を犯していきます。舌を絡め吸い上げられ、口元からトロリと唾液が伝いました。

「ソフィアは俺だけのモノ、誰にも渡さない」

「イヤッ……」

軽々と持ち上げられ、運ばれた先は寝室のベッドの上。

「アッ…………！」

ビリビリという音と共に、やっと着慣れてきた侍女服が呆気なく破られていきます。

ヨル様の黄金色の瞳はランランと輝き、初めて会った日よりもさらに険しい表情をしていました。

「ヨル様、私は……」

「聞きたくない！　ソフィアは俺のことだけ考えていればいい！」

「ンぁ………」

貪《むさぼ》るような口づけに驚き、咄嗟《とっさ》に彼の肩を押し返そうとしますが、その大きな肩はびくともしません。

いつものおやすみのキスとは違う、卑猥《ひわい》な音が部屋に響き渡ります。

分厚い舌が私の舌を根本から吸い上げ、溢《あふ》れる唾液を舐めあげていきました。

彼の太い指が私の下着を剥《は》ぎ取り、私はあっという間に裸にされてしまいました。

『何があるか分かりません。新月までの間は必ずお飲みください』

そう言ってドゥーロックさんから渡されていた避妊薬。まさか本当に必要になるなんて思いませんでした。

「ソフィア……ソフィア」

耳朶《じだ》をかじられ、荒い呼吸のまま何度も名を呼ばれると、どうしていいか分からなくなってしまいます。

「いや、痛いっ……！」

突然首筋に走った痛み。彼が私の喉元を噛んでいるのだと気づいた直後、彼の鋭い歯は私の胸元に立てられました。

「痛い、痛いです、やめて、おねがい……」

顔を上げた彼の口元は赤い血で染まっていました。

「ソフィア、どこにも行くな。俺のそばにいろ」

「アンっ、ダメ……」

彼は胸先に吸い付くと、ゆっくりと舌で転がし始めました。舌先で舐めたかと思えば、時折歯を立てて噛みつき、私の身体が震えるのを楽しんでいます。

反対側の胸も鷲掴《わしづか》みにされ、乱暴に揉みしだかれました。

「ンンっ、あん……」

こんな風に再びヨル様に抱かれるなんて。これは本当にヨル様の意思なの？　あんなに穏やかに過ごしていたのに。

「いた、痛いっ……お願いです、噛まないで」

二の腕、腹、太ももの内側。次々と歯型が付けられます。うっすらと血の滲《にじ》む傷口を愛おしそうに彼の舌が舐めていきます。

「あぁん、イヤ」

「嫌じゃない、ソフィアのココ、こんなに濡れてる」

ジュルとわざと音を聞かせるように、ヨル様は私の隘路に吸い付きました。ゆっくりと上下に舐め上げたあと、ヌルリとした感触が私の中に入り込んできます。

そんなところまで舌が入ってしまうのかと思うほど、深く深く彼は容赦なく中を広げていきます。

「んぁあ……」

「ほら、こんなに溢《あふ》れてきた」

身体の奥から何かがトロリと溢《あふ》れるのを感じました。彼の唇は私の愛液でヌルヌルと湿っています。

「見て、こんなに」

引き抜いた舌が糸を引いているのが見えました。彼はそれを嬉しそうに飲み込んでいきます。

「ソフィアは俺のモノ、これからもずっと。誰にも渡さない」

「んあぁぁあ……!!」

勢いよく差し込まれた彼の雄が、一気に最奥まで貫きました。彼の手が私の腰を掴み、逃げることを許しません。

グズグズに蕩《とろ》けた身体は彼を受け入れ、痛みも次第に薄らいでいきます。しかし彼に乱暴に扱われるたびに、心が軋《きし》むようでした。

「うぅ……う、ンン、アァ」

腰を打ちつけられるたびに、涙が溢《あふ》れて止まらなくなります。こんな風に抱かれるのが辛いことだなんて知りませんでした。

腰のくびれを鷲掴《わしづか》みにし、何度も何度もヨル様は楔《くさび》を打ちつけます。その姿は最近の様子とはまるで別人のよう。

「ソフィア、ソフィア」

私の刺繍《ししゅう》が見たいと笑いかけてくれたヨル様。おやすみと優しい口づけをくれるヨル様。私のことを誰よりも思ってくれるヨル様。貴方は一体何者なの？

「ヨル様……ん……私は……そばにおります」

彼の頬にそっと触れると、その動きが止まりました。

「私は……ヨル様のものです。どこにも、行きません」

するとポロポロと彼は涙を流し始めました。

「ソフィア、ひとりにしないで。俺を置いていかないで」

「ンン、あ、あぁ……」

彼は何度も私の中に欲望を吐き出し、意識がなくなるまで私たちは繋がっていました。

夜が明ける直前まで、彼が私の名前を呼ぶ声が聞こえた気がしました――

◆◆◆

油断していた。

彼女がこの屋敷にやってきてから、ヨルが暴れることがなくなった。毎朝きちんとベッドで目覚めることがこんなに心地よいことだと、すっかり忘れていた。

朝起きて身体が痣《あざ》だらけになっていることもないし、どこかが痛むこともない。

だから油断していたのだ。

新月の夜であっても何も起こらない。そう信じたかったのかもしれない。

そんなことあるはずないのに。

まず、柔らかな感触があった。温かさと共に芳《かぐわ》しい香りがした。なんとも離れがたく、私は寝惚《ねぼ》けたままそれを抱きしめた。

それは思ったよりずっと細く、少し力を込めただけで壊れてしまいそうだった。ふわふわしたものに顔を埋めると、突然それが話し出した。

「……ん、ヨル様……？」

瞬間、私は覚醒した。

顔を上げた、そこには、真っ白な胸が……

胸？

「あ、あぁあああああ！」

柔らかそうな菫色《すみれいろ》の長い髪、あまりにも細い首筋と肩。薄いシーツでかろうじて隠れているだけの、裸体。

真っ白な身体の上に点々と咲く赤い斑点《はんてん》がひどく艶《なま》めかしい。そのところどころに大きな歯型も付いている。

自分の口元に手を当てると、ヌルリとした赤い液体に触れた。

「……痛いっ……」

寝返りを打とうとした彼女が痛みに顔をしかめる。

なんということだ。

今の自分にできることは、彼女の身体にしっかりと毛布をかけ、決して起こさないように部屋を出ることだけだった。

「どうしてそこで優しく声をおかけにならないのですか！」

「できるわけがないだろう！　そんなこと！」

衝撃的な朝から何刻か過ぎた頃、なぜか私は執事の説教を受けていた。

「目が覚めたとき、おひとりでさぞ心細かったでしょう。まったく……それでも男ですか」

どうしてこんなボロクソに言われなくてはいけないのか。誰だって動揺することくらいあるだろう。

しかし、満月の日に彼女が言っていたことを思い出し、心が痛んだ。

『目が覚めたとき、ひとりだったら寂しい』

彼女はヨルのことを想って言ってくれていたのに。

「それで、彼女の具合は？」

「しばらくは私室で過ごしていただくことになるでしょう。傷はそれほどひどくありませんので、跡が残るようなことにはならないと思いますが……」

身体中にあった噛み跡を思い出す。口の中に広がった赤色の味と共に。

「一晩中ヨル様のお相手をしていたのですから、お身体が痛むのでしょう」

部屋に漂う男女の匂い。目覚めた瞬間、まるで他人の寝室に迷い込んでしまったような感覚に襲われた。

何よりも彼女から普段とは違う、女の色香が漂っていた。それがたまらない気持ちにさせたのだ。

「それで、理由は聞いたのか？」

「いいえ。何を聞いても、私が悪いのですと仰《おっしゃ》るばかりで」

昨夜一体何があったのか、彼女は一言も話さないつもりのようだ。

「彼女が悪いことなどあるはずないのに」

それにどんな理由があったにしろ、彼女を傷つけたことに変わりはない。これまでとは違う『夜』に対する怒りが湧いた。

「しばらくは『夜』を彼女に会わせるな。好きなだけ暴れさせればいい」

「かしこまりました……」

この屋敷の地下は使用人や貴重品を『夜』から守るためにある。まさか『夜』にこんなにも影響を与えた女性を隠すために使うことになるとは思わなかったが。

「アルベール様は変わられましたな」

「なんのことだ？」

「今仰《おっしゃ》ったではありませんか、彼女が悪いはずがないと。随分信頼しておられる」

幼い頃から私を知る執事に温かい笑顔を向けられ、途端に恥ずかしくなった。

「彼女は悪い人間ではない、それだけだ」

どんな理由にしろ、彼女が昨夜のことを話さないのは『夜』を庇《かば》うためだろう。そんな彼女を問い詰めることなどできない。

「そう思うのならば、しっかりとフォローをしてくださいませ。このままではずーっと気まずいままですよ」

「……う」

一度ならず、二度も寝室にひとりで残された彼女は、逃げるようにいなくなった私のことをどう思っているだろう。

ひどい男だと思っているだろうか。彼女から軽蔑の眼差しを向けられることを想像し、背筋が寒くなった。

「こういうとき、世の中の男というのはどうするのだ？」

「この老いぼれに聞かれましてもなぁ……侍女たちに聞いてみては？」

うるさい小言を延々喋《しゃべ》り続ける姉と、何を聞いても話さない妹。あのふたりに聞いてどうにかなるとも思えないが。

「アルベール様が何を想像されているかはよく分かります。しかし、あれでもふたりは年若い女性ですから、何か糸口は見つけられるやもしれません」

「分かった……ふたりを呼んでくれ」

こんなとき彼女に直接謝罪をし、罪滅ぼしがしたい、何か願いはないかと聞ければいいのだが。

私にはそんな度胸はなかった。

◆◆◆

あの新月の夜から三日が経った頃、私はようやく普段どおり歩けるようになりました。

腰の痛みと、足に上手く力が入らないせいで、この三日間ひたすら横になって過ごしました。

私は申し訳ない気持ちでいっぱいでした。ヨル様にもアルベール様にも。

動けない間も夜はやってきます。地下にある自室ではヨル様の様子を知ることができません。世話をしてくれるアンに聞いても、何も答えてもらえませんでした。

そうしてようやく動けるようになった三日目の今夜、私は自分の部屋を抜け出すつもりでした。

どうしてもヨル様に謝りたかったのです。あの日のヨル様の行動は私のせいです。私が、彼を不安にさせてしまったから。

でも部屋の前には、こちらを静かに見つめるトロワが立っていました。夜も更けた深夜のことで、私は驚きました。

「トロワ、一晩中ここにいたの？」

彼女は小さく首を横に振りました。

「アンやドゥーロックさんと交代で立っていたのね？」

コクンと小さな顎《あご》が頷きました。

「ヨル様に会いたいの。行かせて？」

今度は大きく首を横に振り、トロワは私を部屋の中に押し戻しました。

「お願い、ヨル様が怪我をしてしまうのは嫌なの。少しだけでいいから」

しかし、私の願いも虚《むな》しく扉を閉められてしまいます。

「トロワ、お願い」

「……、あ」

「え？」

「明日、ご当主様が会いに来る」

アルベール様が私に？

この三日間アルベール様にも会わせていただけませんでした。大切な規則を破ったことを謝ることすらさせていただけなかった。

「アルベール様は怒っていた？」

その質問に返ってきたのは沈黙だけ。開けようとしても扉はビクともしません。

「分かりました、今日はもう休みます」

もう姿は見えないけれど、トロワが扉の向こうで頷いている気がしました。

「心配かけてごめんなさい、私がヨル様に会いに行こうとするのもお見通しだったのね」

「……か、ら」

「え？」

「ソフィアは、優しいから……」

優しいのは私じゃなくて、トロワのほうなのに。

「トロワの声、やっと聞けたわ。思っていたよりずっとずっと可愛い声。また聞かせてね」

明日、アルベール様に会ったらすぐに謝ろう。呆れられているかもしれない。それでもまずは私の気持ちを伝えなければ。

そう決意をし、私はベッドに入ったのです。

「本当に申し訳なかった」

私の部屋にやってきたアルベール様は、部屋に入るなり頭を下げられたのです。

「おやめください！　謝らなければならないのは私のほうで」

「いや、今回は私の落ち度だ。君に怪我までさせてしまった。謝って済むことではないが、どうか謝罪させてほしい」

頭を下げるアルベール様の首筋には、真っ赤な爪跡がついていました。きっとヨル様です。ヨル様が自分で自分を傷つけているのだわ。

「申し訳ございません……謝らなければいけないのは私のほうです。私のせいでヨル様を不安にさせてしまいました」

あのとき、ヨル様も泣いていたのです。ひとりにしないでと小さな子どものように泣く彼は、どんな思いで夜を過ごしているのでしょう。

「ああ……すまない、頼む、泣かないでくれ」

いつの間にか涙が頬を伝っていました。泣いてはいけない、今日はきちんと謝罪するのだと決意したはずなのに。

でも、どれだけ拭ってもあとからあとから溢《あふ》れてきます。

「ソフィア」

アルベール様の心配そうな声。優しく名を呼んでくれるその声は、ヨル様が私を呼ぶ声と同じ響きを持っていました。

「初めて、アルベール様に名前を呼んでいただきました」

「あ、いや、そ、いきなり、名を呼ぶなど不《ぶ》躾《しつけ》だった、その、どうしていいか分からなくてだな」

普段とは違う、動揺したご様子のアルベール様。そのあたふたした姿が可愛らしくて、笑ってしまいました。

「すまない、ずっとなんと呼んでいいのか分からず、君などと呼んでしまって。君を泣きやませたかったのだ、いや、笑ってくれ、情けない私を」

「いいえ、アルベール様は情けなくなどありませんわ。どうかソフィアとお呼びくださいませ」

やっと止まった涙を拭いながら笑いかけると、アルベール様も笑い返してくださいました。

「泣かせてばかりだな、私は」

笑いながら私の部屋にある小さな椅子に腰かけるアルベール様は少し窮屈そうでした。

「わざわざこちらまで来ていただいて申し訳ありません。私はもう大丈夫です」

「いや、今日は、君……ソフィアに、罪滅ぼしをさせてもらいたくて来たのだ」

罪滅ぼし？

「私は油断していた。『夜』は君を信頼している。まさかこんなことが起こるとは思わなかったのだ。本当にすまなかった」

痛みは消えたものの、まだ私の身体にはあの日の痣《あざ》と噛み跡が残ったままです。

「私が悪いのです、ヨル様は悪くありません」

『アイツはなんでも持ってる。俺の欲しいもの全部！』

ヨル様の言葉が私の心の奥に重しのように沈んでいます。初めて聞いた、ヨル様の思い。アルベール様には決して伝えられません。

「何があったのかすべてを聞きたいわけではない。そんなことは『夜』も望まないだろう。だが、このまま何もせず君に許されるつもりはない。何か願いはないだろうか？　なんでもいい。私にできることならなんでもしよう」

「願いなんて。私はここに置いていただけるだけで十分です。何も望むものはございません」

叶うのなら、このままずっとここにいたい。でもそんなことを言えば、アルベール様を困らせてしまう。

「どうか私に許される機会を与えてほしい。本当に望みはないのか？」

そのとき、心の中にひとつだけ浮かんだもの。私に、私だけにできること。

「もし、叶うのなら、街へ。街に買い物に行かせてはいただけませんか？」

# 第四章

「どうして見つけられないのよ‼」

ひとりの女の前に跪《ひざまず》く大勢の男たち。一番前にいたリーダー格の男の頭に冷めた紅茶が滴《したた》った。

「し、しかし、目撃情報もなく、御者も狼の群れに襲われたと言っていますし」

「乗っていた馬車もボロボロに壊されていました、あれでは……」

口々に報告する男たちの前で、女は空になったティーカップを思い切り床に叩きつけた。

「生きているの！　それは確実なのよ！　なのにどうして見つけてこられないの！　たかが小娘ひとり、お前たちが見つけられないはずないでしょう！」

男たちは困惑の表情を浮かべている。皆、どうして女が、行方不明になった娘が確実に生きていると言い切るのか、その理由が分からない。

現場から逃げ出した御者の証言では、狼は少なくとも十四以上の大きな群れで、非力な女ひとりでは到底生き残れないだろう。

たしかに死体は見つかっていないが、それでも生存は絶望的だ。

「これ以上捜しても、もう……」

仮に人員を増やしても見つかる見込みはない。ただでさえ現場は帝国との国境にあり、捜索できる範囲も限られるのだ。

女の娘の婚約者だという男が国境を守る辺境伯に会いに行ったようだが、なぜか相手を激怒させたらしく追い出されるように帰ってきたそうだ。

それでは何をしに行ったのか分からない。辺境伯の協力なしに、これ以上の探索はできないのだ。

「もう諦めたほうがよろしいのでは……」

そう口にした途端、女の纏《まと》う空気が変わった。

先程まで冷え切っていたはずの部屋の空気が突然暖かく、いや暑いと感じるほどの熱気に包まれ、頭の芯がぼぉっとしてくる。

女からはなんとも芳《かぐわ》しい香りが漂い、身体中にまとわりついてくる。美しい薔薇の香りとムスクのような妖艶な香りが合わさり、身体の奥がザワザワと落ち着かない。

女の着た真っ赤なドレス、そして大きく開いたその胸元から目が離せなくなる。

美しい女だ。さっきまでのヒステリックな言動などどうでもよくなるくらい、目の前の女が魅力的に見えた。

「私の、大切な大切な娘が行方不明なの。お前たちなら捜し出せるわよね？」

「……はい」

「絶対に生きているわ。一番に見つけた者に私からご褒美をあげる」

ご褒美という言葉。大きくスリットの入ったドレスから伸びる美しい脚に喉がゴクリと鳴った。

「さっさと見つけ出して、あの娘を私の前に連れてきてちょうだい。分かったわね？」

女の胸元で、大きなルビーのネックレスが妖しい輝きを放っていた。

◆◆◆

まだ私が田舎臭い少女だった頃、デヴュタントの夜会で初めてレスター公爵を見かけたの。

一目惚れだったわ。

美しい黒髪と切れ長な瞳、端整な顔立ちに、その場にいた女全員が若き公爵の婚約者の座を狙おうとした。

私だってそうよ。あの美しい人に笑いかけてもらいたい。愛の言葉を囁いてほしい。そう願わずにはいられなかった。

「ぷふ、貴女が？　その顔で？」

熱に浮かされたようにレスター公爵を見つめていると、近くにいた令嬢たちに取り囲まれ蔑《さげす》まれた。

「そもそも貴女、どこの貴族だったかしら？　へぇ、男爵？　あの田舎の？　ああ、だからそんなに野暮ったいのね。こんな人にまで想いを寄せられるなんて可哀想な公爵様」

女たちの手から私の真っ白なドレスに赤ワインが零された。またたく間に真っ赤な染みが広がっていく。

「ほら、早く帰りなさいよ。貴女なんてお呼びじゃないの。豚は豚小屋に帰って」

女たちの笑い声に涙が出そうだった。汚れたドレスを隠し、その場から立ち去ろうとしたとき――

「君たち、何をしているんだ」

振り返った先にいたのは、煌《きら》めくような美貌の公爵様その人だった。

「いえ、これは、その」

「人の美しさとは内側から溢《あふ》れるものだ。いくら見た目を飾っても、君たちからは美しさを感じない」

キッと冷たく睨まれた令嬢たちはさーっとその場から離れていった。

「大丈夫かい？　あぁ……こんなに汚れて。ひどいことをするものだ」

差し出された真っ白なハンカチ。そこには金糸の刺繍《ししゅう》が施されていた。

「馬車まで送ろう。どうかこの国の貴族たちに失望しないでほしい。私は必ずこの腐った社会を変えてみせるよ」

聡明で優しく、それでいて胸の中に熱い想いを抱いている人。

このひとときの美しい思い出を、私は一生忘れない。この人を手に入れる。身分違いなんて関係ないの。だってあの人は笑いかけてくれたわ。私だけに笑ってくれたのよ。

この出会いが私の人生を変えてくれた。

公爵様の婚約者は王国一の公爵家の令嬢に決まった。お可哀想な公爵様、あんな地味な女と政略結婚させられてしまうなんて。大丈夫よ、すぐに私が迎えに行くわ。

豚のように丸々太った商人に嫁がされても、娘を産んでからも、私の願いは変わらなかった。いつだって私は彼を想っていたし、彼も私を想ってくれていた。だってそうでしょ？　私たちは運命の赤い糸で結ばれているのよ。

あの女が死んだのは、いつだったかしら。流行病《はやりやまい》で呆気なく死んだ公爵夫人。地味で冴えない女のために泣いてあげるなんて、彼は相変わらずお優しいわ。

これは神様から与えられたチャンスだと思った。とうとう私が彼と結ばれるときが来たのよ。

そんなとき、私の前に現れた不思議な女。フードを目深《まぶか》に被ったその女は言った。

「お前の願いを叶えてやろう」

美しくなりたい。どんな男も振り向いて、愛を囁くような美貌が――

身分なんて関係ない、とうるさい貴族たちさえも黙らせるような圧倒的な美しさが欲しい。

私はすべてを差し出した。豚のような夫の財産も権利も全部全部。

そうして私は手に入れたの。美しい公爵様と、その夫人という地位を。

「あとはあの娘だけね」

死んだ公爵夫人の忘れ形見。あの女にそっくりな小娘。

「娼館で稼げるだけ稼いだらあとはもう用済みよ」

あの娘がこの世からいなくなれば、私はもっともっと美しくなれる。そういう契約だもの。あの娘の若さが、そのまま私のものになるのよ。

だから、あの子はまだ死んでない。死んだらすぐに分かるもの。私の美しさとしてすぐに表れるはずだから。

　でもいくら私が美しくても、どんなに彼が聡明でも、お金だけはどうにもならない。私としては死んでくれていても構わないけど、あの娘にはお金を稼いでもらわないと困るわ。貧乏なんて耐えられないもの。

「逃げ出そうとしても無駄よ。絶対に逃さない」

◆◆◆

「あの、本当によろしいのですか？」

　自分から言い出したこととはいえ、まさかこんな大ごとになるとは思ってもいませんでした。

「構わない。……私と一緒に行くのが嫌だというなら仕方ないが」

「とんでもございません！　アルベール様と一緒に出かけられるなんて嬉しいです！」

　私の答えを最後まで聞かないうちにアルベール様は顔を背け、早々と馬車に乗り込んでしまいました。

　何か失礼なことを言ってしまったでしょうか。

「まったく……ご当主様はレディのエスコートもちゃんとできないんだから！」

「こればかりはアンに同意ですな」

「…………」

使用人総出で見送られるのはなんだか恥ずかしい気がするのですが、皆さん、どうしてもと仰《おっしゃ》るのです。

「ソフィア！　思いっきり我儘《わがまま》言っていいんだからね！　なんでも欲しいもの買ってもらいな！」

「遠慮はいりませんよ、普段ほとんど外出なさいませんので財力ならば有り余るほどあるのです」

「……、……」

トロワまでが口を動かして、何かを訴えようとしています。

「皆さんは何か勘違いをされております。私はアルベール様に何か買ってもらおうなんておこがましいことは致しません」

すると突然アンとトロワに抱きしめられました。

「どうしてそんなに真面目なのさ！　ソフィアがうるうるの瞳で、ちょっと小首をかしげて、上目遣いでもすればなんだって買ってもらえるよ！」

「……」

ドゥーロックさん、アン、トロワの三人が揃ってうんうんと頷いているのがおかしくて笑ってしまいました。

「行ってまいります！　お土産買ってきますね！」

三人から思い思いの見送りを受けながら、私も馬車に乗り込みました。

「わぁ……！」

辺境伯邸の周りに広がる深い森を抜けると、そこはどこまでも続く小麦畑でした。

今の時期には、たくさんの小麦の花が咲いています。

「君はなんでも楽しそうにするな、珍しい風景でもないだろうに」

「そんなことありません。とても美しいです」

アルベール様の治める領内がどれだけ豊かなのか、ひと目でよく分かります。畑仕事をしている方々が辺境伯様の馬車を見つけると手を振ってくれました。

「アルベール様は慕われているのですね」

見ると、アルベール様の耳の先が少しだけ赤くなっていました。

「昨日からアルベール様のことを色々と知ることができて嬉しいです」

「やめてくれ……これは罪滅ぼしであって、私にお世辞を言って喜ばせる必要はない」

「お世辞なんかではありませんのに」

その土地を見れば、領主がどんな人物かすぐに分かると昔お父様は仰《おっしゃ》っていました。幸せそうに暮らす人々の笑顔が、アルベール様の素晴らしさを物語っています。

我がレスター公爵家の領内では、こんな素晴らしい光景はもう見られないのでしょうか。

豊かだった土地は随分様変わりしてしまいました。重い税のせいで領民の多くが逃げ出していると聞いています。

「大丈夫か？」

「はい！　なんでもありません！」

いけません。せっかくの外出なのに私が暗い顔をしていては！

「せっかくの外出なのにそんな格好ですまない」

「いいえ、私の我儘《わがまま》ですから」

今日の私は茶色い髪のウィッグを被り、分厚い眼鏡をかけています。眼鏡の下にもしっかりとそばかすのメイクを施し、服はいつもの侍女服の上から地味なコート。近くで見ても私だと気づく人はいないでしょう。

「あまり声は出さないほうがいい、誰に聞かれるか分からん。名前も、そうだな、今日は君をカトルと呼ぶことにしよう」

「かしこまりました」

「それと……」

アルベール様が懐《ふところ》から取り出したのは小さな布袋でした。

「この一ヶ月分の君の給料だ。食費などの経費はすべて差し引いてある。自由に使ってくれて構わない」

受け取った袋の中には、私の想像の倍以上の金貨が入っていました。

「ダメです、これでは多すぎます。私のような者がこんなにいただくわけには……」

「不測の事態だったとはいえ、『夜』のことも含め、ソフィアには感謝している。本当ならそれでも足りないくらいだからな。気にする必要はない」

じんわりと浮かぶ涙を必死に堪えました。生家では給金どころか感謝の言葉すら言われたことがありません。

私のことを認めてもらえた。公爵令嬢なのにみすぼらしいと蔑《さげす》まれながら覚えた炊事や洗濯が、ここで役に立つなんて思いませんでした。

この袋の重みが私の努力の対価だと思うと嬉しくてたまりません。

「ありがとうございます……」

「それとは別に、何か欲しいものがあれば遠慮なく言ってくれ。アンの言葉ではないが、ソフィアは少し真面目すぎる」

街に着くまでの間、涙で化粧が落ちてしまわないか、それだけが心配でした。

馬車で小麦畑をしばらく進むと、やがて大きな街が見えてきました。

王国との国境に近いこのデインズの街は、行商人や観光客でとても賑わっていました。他国との物流が盛んで、帝国でも二番目に栄えている都市なのだそうです。

「帝国の首都にも負けない活気だと自負している。手に入らないものはないと言われているくらいだ」

アルベール様の横顔はとても誇らしげでした。

「まずは屋敷用の買い出しを済ませよう。その後ソフィアの行きたい店を見て回ればいい」

「はい！」

アルベール様は馬車を降り、ご自身で次々と品物を買っていきます。辺境伯といえば準皇族でもある高貴な御方。そんな方が市場で野菜を選んでいる姿はとても不思議でした。

アルベール様の横で買い物をしていると、行き交う人たちから次々に声をかけられました。

「辺境伯様！　うちのパンはいかがですか！　焼き立てですよ！」

「先日は川の護岸《ごがん》工事をやっていただいて、本当に助かりました！」

「辺境伯様！　果物ならうちのが一番ですよ！」

街の人は思っていたよりもずっと気さくに声をかけてきますし、アルベール様も気を悪くすることなく挨拶を返しています。これもまた王国では絶対に見られない光景。

「やっぱりアルベール様は慕われていらっしゃいます」

私の言葉に少し照れたように笑うアルベール様は、とてもとても素敵でした。


必要なものの買い出しが終わると、市場から少し離れた通りに入りました。

「わぁ、可愛いです！」

そこには可愛らしい雑貨屋やケーキ屋、アクセサリーの店など目移りしてしまうお店ばかりが並んでいました。

「昨日散々言われたんだ。ソフィアを必ずこの通りに連れていけと。アンだけでなく、なぜかドウトロックまでうるさくてな。やつがどうしてこういう店に詳しいのか……」

たしかにアルベール様とはあまり結びつかない場所です。

「あの、もしご迷惑でしたら私ひとりで見てまいります……」

「いや、違う、迷惑ということではなく、ただ、その、……恥ずかしいだろう。私のような大男がこんな場所にいたら」

アルベール様はとても背が高いので目立ちます。でも周りの女性たちがチラチラとこちらを見ているのは違う理由のような気がするのです。

どんなに地味な服装をしていても、アルベール様の凛々《りり》しさは隠せません。

「恥ずかしいことなんてございません。本当にご迷惑ではないのなら一緒に見て回りたいです」

雑貨屋にアクセサリー屋さん、たくさんのお店を見て回りました。そのすべてにアルベール様は付き添ってくださいました。歩く速度も私に合わせてくださって……エスコートができないなんて嘘ですわ。

ただファンシーな可愛らしいカフェだけはどうしても無理だと、一緒に入るのを断られてしまいましたが。

「本当にそれだけでいいのか？」

私は先程立ち寄った手芸屋で買ったものをギュッと握りしめました。今日は欲しかったものが手に入りました。

「はい、これだけで充分です」

こうして私がお屋敷に来てから初めての外出は終わりました。日が暮れる前に帰らねばなりません。

初めていただいたお給料でする買い物は特別なものでした。

このとき、あまりの楽しさに私は忘れていたのです。私のこの居場所は仮初《かりそ》めのもの。いつか去らなければいけない日が来ることを。

「あれ、ヨル様？」

その夜、久しぶりに夜の屋敷の中を歩けるようになったというのに、私はヨル様を見つけられずにいました。

「ヨル様？　どちらにいらっしゃるのですか？」

新月の夜から一週間が経ち、ヨル様の凶暴さも薄れてきたはずということで、私はやっと夜に自室から出ることを許されました。

しかし肝心のヨル様の姿が見当たらないのです。いつもいらっしゃる寝室にも、キッチンにも。どこを探しても人の気配がしません。

「ヨル様……、怒っていらっしゃるのですか？」

ずっと一緒にいると、どこにも行かないと約束したのに、私はその約束を破ってしまいました。一週間もひとりにさせてしまった。

「鍵が、開いている？」

いつも日が暮れる直前に使用人総出で屋敷中の戸締まりをして回ります。それなのに、閉めたはずの屋敷の裏口の扉が半開きになっていました。

扉を開けて外を確認しても、真っ暗な森と裏庭を照らす半月しか見えません。

「ヨル様は外に？」

初めて出会ったあの日。ヨル様は外で何をしていたのでしょうか。今も外で自分を傷つけてはいないでしょうか。

「どうしましょう」

やっと今日会える。そう思ってきたのに。

「ダメです、泣いてはいけません」

今一番辛いのはヨル様です。私が泣いていたらヨル様まで悲しませてしまうかもしれない。

裏口からキッチンに戻ると、私はオーブンに火を入れました。

クッキーを焼きましょう。いつか私の作ったものが食べたいと言ってくれた彼のために。朝、屋敷に戻ってきたら気づいてくれるかもしれない。

私は蝋燭《ろうそく》の明かりを頼りに小麦粉を捏《こ》ね始めました。

真夜中のキッチンに漂う甘い香り。窓を開け、ヨル様のところまでこの匂いが届くことを祈ります。

使っているのは、この辺境伯領で作られた小麦。

アルベール様の守る土地は豊かで、人々の生活には笑顔が溢《あふ》れていました。

本来ならアルベール様はこの屋敷でご両親と共に暮らしているはずでした。それを奪われたアルベール様の悲しみはどれだけのものでしょう。

でも私にはどうしてもヨル様が化け物には思えないのです。

だってヨル様は泣いていた。ひとりにしないでと子どもみたいに泣いていたのです。

力が強く、暴れることでしか感情を表せない小さな子どものよう。そんな彼が化け物なわけがありません。

ヨル様は一体何者なのでしょうか？

そのとき、屋敷のどこかでカタンという小さな音がしました。

「ヨル様……？」

しかし、問いかけに応える声はありません。私は粗熱をとったクッキーをお皿に並べ、紅茶を淹《い》れたカップと共に寝室に運びました。

開けた覚えのない窓が開いています。

窓辺のサイドテーブルにクッキーと紅茶を置くと、私は誰もいない暗闇に向かって話しかけました。

「寂しい思いをさせてごめんなさい。ずっと一緒にいると約束したのに一週間も会いに来られなくてごめんなさい」

これは私の独り言です。でも、多分聞いてくれていると信じています。

「ずっとずっと心配していました。信じてもらえないかもしれませんが……」

このまま二度とお会いできないなんて嫌です。私のことは嫌いでも構いません、どうか。

「ソフィア」

暗闇から小さな声が聞こえました。でもその姿が見えません。

「ヨル様、どちらにいらっしゃるのですか？　お姿が見えません」

「ダメだ」

一歩足を踏み出すと、はっきりとした拒絶を返されました。

「俺はソフィアに会っちゃいけない」

「どうしてですか⁉　なぜそんなことを仰《おっしゃ》るのです？」

寝室の隅、ベッドの横の暗闇から衣擦《きぬず》れの音がしました。

「あの日の次の夜、俺が目を覚ましたとき机の上に手紙が置いてあった」

「手紙、ですか？」

ヨル様宛の手紙？　一体誰から？

「……アルベールからだった」

アルベール様がヨル様に手紙を？　そんなこと一言も仰《おっしゃ》っていなかったのに。

「最初、手紙は破った。ソフィアが会いに来ないから……、約束したのに」

「……本当にごめんなさい」

「でも、次の日も手紙が置いてあった。その次の日も、今までアルベールが俺に何か言ってくることなんてなかったから、だから読んだ。たくさん書いてあった。どうしてソフィアが来ないのか。俺、知らなかった。ソフィアが俺のせいで怪我してたなんて。起きられないくらい痛いなんて」

闇の中からすすり泣くような小さな声が聞こえました。

「ヨル様、私はもう大丈夫です。どこも痛くありません」

「ダメだ！　ダメなんだ。俺、月がなくなっていくと自分が分からなくなる。頭の中が真っ白になって、何も覚えてない。ソフィアのこと怪我させたのも忘れるんだ」

ヨル様の世界には夜しかありません。どうしようもない世界の中で自分を保ちたくて必死にもがいているのでしょう。

「いやだ、ソフィアに嫌われたくない」

少しずつ、一歩ずつ、ヨル様のもとへ歩を進めます。

「ヨル様、あの日どうして私を助けてくださったのですか？」

「え、……」

「狼に襲われていたとき、あぁ私は死ぬんだと思いました。家族から捨てられ、誰にも必要とされず独りで死んでいくのだと思っていました」

大きなベッドの脇、部屋の隅にヨル様はうずくまっていました。

「そんな私を助けてくれたのはヨル様です。あの日のことも覚えていらっしゃいませんか？」

「覚えている！　あの日はすごく森がうるさかった。どうしてなのか気になって見に行ったんだ。そしたら、馬車が襲われていた」

ヨル様の周りにはビリビリに破られた手紙が落ちていました。

「中から声がした。助けてって」

「誰にも聞こえないと思っていました」

「聞こえた。俺には聞こえたんだ、だから助けた」

怖かった。死にたくなかった。誰にも必要とされていなくても生きたかった。

「ヨル様は私を可愛いと言ってくれました。必要としてくれました。それがどれだけ嬉しかったか」

手を伸ばし、ヨル様の髪に触れると、長い髪は夜露に濡れていました。

「嫌いになんてなりません。ヨル様は私の大切な方です。ヨル様は私と一緒にいたくありませんか？」

「一緒にいたい！　でも……怪我させたくない」

「そうですね、私も痛いのは嫌です。だから考えましょう？　どうしたらいいか、一緒に」

手をグイと掴まれ、そのまま彼の腕に抱きしめられました。

「ごめん、痛くしてごめんソフィア」

「もう大丈夫です。私も約束破ってごめんなさい」

「会いたかった、ずっと、待ってた」

小さく震える肩を、私も抱きしめました。しっとりとして温かかった。

「私も一緒に考えます。ヨル様も私も傷つかないように、これからどうすればいいか」

「うん」

「たくさんクッキーを焼きました。一緒に食べましょう」

「うん、……いい匂いした」

私の肩に顔を埋め、ヨル様は静かに泣いていました。

「ソフィア、ありがとう」

「あの、ヨル様……」

「何？　ソフィア」

「今日はいつまでこうしていればいいのですか？」

寝室のソファに腰かけ、美味しそうに私の焼いたマフィンを頬張るヨル様。

あれから、夜にお菓子を作るのが私の日課になりました。ヨル様は甘いものがお好きなようで、本当に美味しそうに召し上がります。

いえ、違うのです。私が言いたいのはそういうことではなくて、私のいる場所と言いますか、私の格好と言いますか。

「大丈夫、ソフィアは軽いから」

私はヨル様の膝の上で、ヨル様の手で、マフィンを食べさせてもらっているのです。

「軽いからいいということではなくて……」

彼のキョトンとした顔を見ていると、恥ずかしいので嫌ですとは言えなくなってしまいます。

「ソフィア、もういらない？」

「はい、もうお腹いっぱいで」

たくさん焼いたはずのマフィンはすっかりなくなって、ヨル様は満足そうです。

「ひぁっ！」

突然ヨル様が私の頬をペロリと舐めました。

「ついてたよ」

「そ、そういうときは言ってくだされば自分で取りますから」

「ソフィア、真っ赤だ」

そうなのです。仲直り？　したあの日から、ヨル様はこの調子で私を甘やかすのです。隙あらば私を膝に乗せたり、抱き上げたり、キスしたり……私はもう恥ずかしくて恥ずかしくてたまりません。

「そんなことばかりしていると、もうこれはあげません」

せっかく約束していたものが完成したのに。

「ごめん！　ソフィアが可愛かったからつい」

顔を合わせないよう背中を向けていると、今度は首筋に優しく口づけされました。

「もうからかったりしないから」

「それがからかっているというんです」

「約束する、もうしない」

いつもは小さな男の子みたいなのに、こういうときだけ真剣な顔をするんです。本当にズルい。

「分かりました、約束ですからね」

私が刺繍《ししゅう》したハンカチがようやく完成しました。紺色のハンカチにカサブランカの刺繍《ししゅう》、そして先日の買い物で買った金糸を使ってヨル様の名前も縫いつけました。

「これをヨル様に」

ハンカチを手渡すと、ヨル様はまるでガラスを扱うように慎重に広げました。

「綺麗だ、こんなものを作れるなんてソフィアは本当にすごい」

彼の指がいつまでも刺繍《ししゅう》を撫でています。

「初めてなんだ。この家で俺だけのもの。俺だけの……」

嬉しそうに笑う彼の顔を、私はずっと見つめていました。

「これからたくさん増やしていきましょうね」


翌日、いつもどおり昼食前に起き、身支度をしていると洗面所で声をかけられました。

「ソフィア、ちょい待ち」

「アン？　どうかしたの？」

「髪結ぶの？」

「……？　うん、今日は庭のお掃除を頼まれているから邪魔になるかなと思って」

私の背後に立ち、アンはおもむろに私の髪を持ち上げました。

「ここと、ここ」

「うん？」

「付いてるよ、キスマーク」

昨日のヨル様の!?　急いで手で隠しても、もう遅いですよね。

「今日は結ばないほうがいいかな？」

「ご当主様が見たら、卒倒しちゃうかもね」

恥ずかしい……だからやめてくださいと言ったのに。

「『夜』様は本当にソフィアのことが好きなんだね」

「そんな、好きだなんて」

もうすぐ満月の夜です。ヨル様は穏やかな時期ですし、私をからかっているだけ。

「ソフィアは？　好きなの？」

「えぇ!?」

「だって毎晩一緒に過ごしてるし、好きになっちゃったりするのかなぁって」

ヨル様は私の命の恩人で、たまに小さな男の子のようで、私の大切な……

「大切な方です。でも私なんかが好きだなんて言えません」

「ソフィアはまた真面目なことを……じゃあご当主様は？」

「アン！　そんなことを気軽に言ってはいけないわ！」

アルベール様は本来なら準皇族として高貴な方と婚約される方です。それこそ私なんか。

「はぁ……先は長そうだなぁ」

「アン？」

「なんでもない。こっちの話。それより仕事が片付いたらご当主様の執務室に来てって」

「もう！　それを先に言ってください！」

私はお庭の掃除を済ませ、急いで執務室に向かいました。

「視察ですか？」

執務室ではアルベール様、ドゥーロックさん、そしてトロワが私を待っていました。

「領内の各地で川の氾濫《はんらん》が問題になっていてな、直接私が出向かねばならなくなった」

辺境伯領内で護岸《ごがん》工事はおこなわれているものの、まだすべての地域が安全なわけではないのです。

「でも夜は……」

「視察は満月の日におこなう。満月の夜に一泊だけならば問題ないだろう」

たしかに、満月の夜ならばヨル様もほとんど起きることはありませんでした。

「今までならこんな風に外泊など考えたこともなかった。しかしソフィアのおかげで『夜』はこれまでにないほど安定している。本当に君には感謝しかない」

「いいえ、私は何もしておりません。ヨル様はお優しい方なのです」

視察にはドゥーロックさんとトロワが付き添うことになり、私とアンは留守番です。

「明後日の朝一番に出発する。すまないが、今夜、『夜』に伝えてもらえないか？」

「かしこまりました」

アルベール様のお役に立てるのは本当に嬉しいことです。でもどうしてでしょう。寂しいなんて思ってしまうのは。

たった一晩だけで、すぐにまた会えるのに。

「俺、行きたくない」

今日もまたヨル様の膝に乗せられてしまった私。どれだけ言っても聞いてもらえないので、もう降ろしてもらうことは諦めました。

「そんなこと言わないでくださいませ」

「なんで俺がアイツのために行かないといけないの？」

アイツとは、もちろんアルベール様のことです。明後日出発の視察のことを伝えると、先程までの笑顔が急になくなってしまいました。

「ソフィアも行く？」

「申し訳ございません、私は留守番なのです」

そう何度も外出はできません。もし外で知り合いにでも見つかってしまえば、アルベール様にご迷惑がかかります。

「じゃあ、絶対行かない」

「ヨル様！」

完全にそっぽを向いて拗《す》ねてしまいました。こういうところは本当に子どもっぽいのですから。

「ヨル様」

「嫌だ、聞きたくない」

どうしてこんなにアルベール様のことになると頑《かたく》ななのでしょう。手紙をもらってから少しは関係が良くなると思ったのに。

「ヨル様、これは辺境伯様として大切なお仕事です。アルベール様のためではありません。この地で暮らす領民のためです」

部屋の隅を見つめていたヨル様の耳がピクリと動きました。

「今も苦しんでいる人たちがいるのです。辺境伯にはその方々を助ける義務があるのです。ヨル様ならお分かりになりますよね？」

ヨル様は絶対に理解しているはずです。今はひと月の中で最も理性的な時期ですし、それ以上にヨル様は優しい方です。

「たった一晩ですわ。ヨル様の好きなお菓子をたくさん作って待っていますから」

ふいにヨル様の顔がこちらを向きました。

「じゃあ、ご褒美が欲しい」

「ご褒美、ですか？」

そのまま彼の顔がグッと近づき唇が重なります。

「ン、ん……」

何度も何度も唇を合わせ、彼の舌が私の舌を搦《から》め取っていきます。

「帰ってきたら……ソフィアと……したい、もう絶対痛くしないから」

こんなに真正面からそんなお願いをされるなんて。恥ずかしさで彼の顔が見られません。

「そしたら俺、頑張れる。ソフィアがいなくても我慢できる」

不意にアンの言葉が頭をよぎります。このドキドキは私がヨル様を好ましく思っているからでしょうか？

「……はい、分かりました……」

「約束」

もう一度キスを交わすと、ヨル様はご機嫌な顔に戻りました。

反対に私は彼の顔が見られなくなってしまいました。


視察に出かけられる日は朝からよく晴れていました。

「滞りなく視察が終わることをお祈り申し上げます。いってらっしゃいませ」

「行ってくる、アン、ソフィア、屋敷のことは任せた」

アルベール様たちを乗せた馬車が見えなくなるまで私たちは手を振っていました。

「さぁ！　さっさと仕事を片付けて、私たちは羽を伸ばそうー！」

「もう、アンったら」

言葉どおりアンはすごい速さで仕事を終わらせ、私はその間に大量のお菓子を作りました。私たちが食べる分とは別にヨル様の分もたくさん用意しましたよ。

夕方からはふたりで早めの食事を取り、その後はお菓子を食べながら話をしました。

アンとトロワは孤児で、アルベール様のお母様に拾ってもらって使用人になったこと。アンとふたりきりのとき、トロワはよく喋《しゃべ》ること。いくら時間があっても足りないくらいです。

「ソフィアに夜ふかしさせたら私が怒られちゃうからね、そろそろ寝よっか」

「はい、今日は本当に楽しかったです」

おやすみの挨拶を交わしそれぞれの部屋に戻ったのですが、私はなんだか目が冴えてしまって眠れませんでした。

「いつもならヨル様と過ごす時間ですもの」

またうなされていないでしょうか。どうかゆっくりと眠れていますように。

「少しだけ……」

私は自分の部屋を抜け出し、いつもヨル様と過ごす寝室へ向かいました。

普段なら夜も人の気配がするのですが、今日はとても静かです。

窓の外から満月の光が差し込んで、綺麗。しんとした屋敷の中に私の足音だけが響きます。

寝室の中に入り、静かに扉を閉めました。空気は冷たく、いつも横になるベッドも、まるで知らない人のもののようです。

「どうしたらヨル様とアルベール様は仲良くなれるのでしょう」

ふたりの間にどんなことがあったのか、私が聞いてもいいことなのでしょうか。でもいつかふたりが分かり合えたら……、そう願ってしまうのです。

そのとき部屋の外から小さな物音がした気がしました。

「アン？」

私のせいでアンを起こしてしまったでしょうか。音を立てないように気をつけていたのに。

ベッドを離れ扉に手をかけた瞬間、廊下から聞き覚えのない男の声が聞こえました。

「おい、いたか？」

ビクリと肩が震え、もう少しで声を上げてしまうところでした。そのまま扉を離れ、クローゼットの中に身を隠します。

「使用人の部屋はどこだ、見当たらないぞ」

「本当にここにいるんだろうな」

動悸が止まりません。あの男たちは誰？　一体何を探しているの？

扉の開く音がしたかと思うと、男たちが部屋に入ってきました。

「バレたらただじゃ済まないぞ」

「ならお前は帰ればいい。褒美は俺がもらう」

「ミシェーラ様の期待に応えるのは俺だ」

両手で口を押さえ、必死に息を殺す。

ミシェーラ!?　どうして義母の名前が？

「おい、一階にも使用人の部屋はないぞ」

「そんなはずないだろ、ちゃんと探せ」

男の足音は三つ。揃って部屋を出ていきました。

地下の使用人の部屋に続く扉は見つけづらい仕様になっています。それでもこのままだと見つけられてしまいます。

「アン……！」

クローゼットから出て、扉から廊下を覗きます。人の気配はしません。

そっと寝室を出て、階段を目指します。そのとき、突然後ろから声がしました。

「みーつけた」

後頭部に衝撃を感じたかと思うと、私の意識はそこで途切れました。


「まさか、お前が辺境伯に気に入られるなんてね」

痛む頭を抱えてうずくまり、まだ朦朧《もうろう》としている私の前で、義母の真っ赤な唇が嬉しそうに歪《ゆが》みました。

「めったに屋敷から出てこない変わり者って噂だけど、実際はどんな男？　顔は？　身体は？」

ここは一体どこ？　私の生家ではありません。もちろんアルベール様のお屋敷でもありません。

古びた洋館の一室。義母はまるでどこかの国の女王のように屈強な男たちを従えています。

「まさかとは思うけど、お前みたいなのが好みってことはないわよね？」

私と義母を取り囲むように立つ男は五人。でもどこか様子がおかしいです。目が虚《うつ》ろで、焦点が定まっていないように見えます。

「まぁいいわ、お前にしては頭を使ったようだけど、それももう終わり。自分の役目を果たしなさいな」

部屋の窓は目張りされていて、今が何時なのか分かりません。あれからどのくらいの時間が経ったのでしょう。

「お前の取り柄はその若さだけなんだから、さっさとお金を稼いで私たちに恩返ししなさい」

「おん、がえし？」

「そうよ、いらない子のお前をその歳まで育ててやったんだから、その分は私たちに返す。当然よね？」

貴女に育てられた覚えはない。そう言いたいのに上手く言葉が出てきません。

「お前がいなくなったって泣くやつなんて誰もいないの。お前の父親は娘が狼に襲われたって聞いてもなんとも思ってないわよ？」

ジワリと涙が浮かびます。そんなこと、言われなくても分かっていました。お父様は私のことを捜しにも来てくれません。

「しょうがないわよね、あの人は私に夢中なんだから。お前の冴えない母親なんかより私のほうがずっといいんですって。毎晩求められて困っちゃうわ」

「って……」

「は？」

「お母様を侮辱しないで！」

なんとか上半身を起こしたところに、飛んできた派手な扇子《せんす》が頬に当たり一筋の血が流れます。

「ほんっとうに生意気な子。親にも捨てられて、婚約者にも捨てられて、お前なんて誰も必要としてないの。いい加減自覚しなさいよ、この役立たずが！」

突然男に髪を掴まれ、義母の目の前に突き出されます。

「お前にはその身体しか価値がないんだ！　それなのに逃げ出しやがって、手間かけさせせんじゃないよ！」

「痛いっ……」

「いいか？　お前の父親はもうお前のことも、死んだあの女のことも覚えてないんだよ。私が消してやったんだ、いらない記憶は全部な！」

記憶を消す？　一体何を言っているの？

「お前の婚約者だったあの男も、私とミッチェルのふたりで可愛がってあげてるよ。感謝するんだね」

「なんて……汚らわしいことを」

バシンという音と共に左の頬に衝撃が走りました。

「ほんと男ってのは単純だよ。ちょっと誘惑しただけで簡単に引っかかる。わざわざネックレスを使う必要もない」

ネックレス……？　義母の胸元に輝くのは彼女がいつもつけているルビーのネックレスです。

そういえば、彼女はいつも同じネックレスをつけていました。贅沢好きで次から次へと新しい宝石を買っていたのに、ネックレスだけはそれ以外のものをつけているところを見たことがありません。

「不思議だと思わなかったのかい？　お前を大事に大事にしていた父親がいきなり使用人のように扱うようになって。しまいには娼館に売るって言い出した」

勝ち誇るように義母の顔が歪《ゆが》んでいきます。その顔はまるで絵物語の魔女のよう。

「お前を大切にしていた婚約者までミッチェルに奪われた。どうだい？　悲しかったか？　辛かったかい？」

どうしてそんなに楽しそうに笑うの？　人の想いを踏みにじって何がそんなに嬉しいのですか？

「そうそう、その顔が見たかったんだ。あの女にはさせられなかった顔。私があの女の幸せを奪ってやるつもりだったのに、勝手に死にやがって。だから、お前にやってやることにしたんだよ」

お母様の幸せそうな顔、それを見守るお父様の顔。私の大切な大切な家族。

「あの女にそっくりなお前をこき使うのは本当に楽しい。すべてを奪われて、床に這《は》いつくばって生きるのがお前にはお似合いだよ」

悔しい。悔しくてたまらないのに、涙が止まりません。

「このネックレスがあればどんな男でも私の言いなりだ。どうする？　お前が世話になった辺境伯でも誘惑してやろうか？」

「やめて！　あの方は関係ない！」

ニヤァと嗤《わら》う義母の顔こそ本物の化け物。

「へぇ、そんなにいい男なの？　お金も持ってるだろうし、あるだけ貢がせようかしら。そのほうがお前を娼館に売るよりいい金になりそうだし」

真っ赤な唇が舌舐めずりをします。

「何よりお前を苦しめられそうだ」

◆◆◆

時は一日ほど遡《さかのぼ》る。

「辺境伯様、このたびは誠にありがとうございました」

「この御恩に報いるため、これからも精一杯努めさせていただきます」

領民からこんな風に直接礼を言われるのは一体いつ以来だろうか。ここ数年はせいぜい出かけるとしても、屋敷近くのデインズの街くらいだった。

自分がなかなか姿を見せない偏屈者《へんくつもの》だと噂されていることはよく知っている。貴族たちの集まりには一切参加せず、もちろん夜会にも現れない。人嫌いで変わり者、それが貴族界での私——アルベール・エルバスの評判だ。

「私こそ皆には感謝している。これからもよろしく頼む」

貴族たちがどう噂しようとどうでも良かった。何を言われようと辺境伯としての仕事をきちんとこなしていれば問題ないだろうと思っていた。

しかし、民たちの表情を見ていると、それだけでは足りない部分があったのだと実感する。私が出向くことが皆の役に立つことがあるのだ。

いつも書類の上でしか知らない民たちの苦しみ。それを直接知ることでこんなにも変わるものなのだな。

ソフィアには感謝してもしきれない。

『夜』は彼女と一晩でも離れることを拒んだらしい。当然といえば当然だ。そもそもアレが私に協力することなどなかったのだから。

しかし、彼女の説得のおかげで視察をおこなうことができた。

「アルベール様。この土地の地主が今日の宿として屋敷を提供してくれるそうです」

「分かった」


ソフィアの生家レスター公爵家を調べるたび、出てくるのは悪い話ばかりだ。

彼女が生まれたばかりの頃、まだ私の父が辺境伯だったとき。レスター公爵は家族想いで領民への配慮も行き届いた素晴らしい貴族だった。

そんな公爵が変わったのは、奥方が流行病《はやりやまい》で亡くなり後妻を迎えてからだ。

現在、公爵家の領地はひどく荒《すさ》んでいる。どれだけ作物を育てても、そのほとんどを税として奪われ、生きるのもやっとの金しか残らない。

民から徴収した税は、後妻とその連れ子の豪遊に使われている。

他の土地へ逃げ出そうとする民も多い。しかし逃亡が見つかれば容赦なく私刑に処されるため、皆怯えながら働くしかないのだ。

一体公爵は何をしているのだ。なぜそんな女の好き放題にさせている。実の娘を売ってまで……

ソフィアの寂しそうな笑顔を思い出す。楽しいときも、嬉しいときも、彼女の笑った顔はどこか悲しげで、ふとしたことで泣き出してしまいそうに見えた。

それを見ると胸が締め付けられるような痛みを覚える。元気に振る舞っているからこそ、その姿がとても健気に、可愛らしく見える。

どうしたら彼女が心から笑う顔が見られるのだろう。

『夜』の前で彼女はどんな顔で笑っているのだろう。

「私が『夜』を羨《うらや》ましいと思う日が来るとはな」

「……？　何か仰《おっしゃ》いましたか？」

「いや、なんでもない」

満月の夜。ドゥーロックとトロワが交代で見守る中、『夜』はひたすら眠っていたそうだ。一度も目を覚ますことはなく、静かに夜が明けた。

だが、その静寂はひとつの知らせによって破られる。

「アルベール様！」

「どうした？」

夜が明けてすぐ。まだ身支度も終わらぬうちにドゥーロックが青い顔をして部屋に駆け込んできた。

「ひどい顔だぞ」

「ソフィア様が！」

只事ではない雰囲気に、着替えの手が止まる。

「ソフィア様が、攫《さら》われました」

ドゥーロックが話し終わる前に上着だけを羽織り、廊下へ出る。

「アンは!?」

「夜のうちに早馬をここへ寄越したあと、デインズの街の警備隊と共に捜索へ。しかし目撃情報がないため難航しているようで……」

自分の不用意さに吐き気がする。無謀でも一緒に連れてくるべきだった。

「我が領内にはいない可能性が高い」

「はい。私もそう思いましたので、早馬で伝言を送りました」

早足で厩舎《きゅうしゃ》へと向かう。私のいない隙を狙ったのか。

「相手は屋敷に侵入してきたそうです」

「ハッ、私も舐められたものだな」

厩舎《きゅうしゃ》ではすでにトロワが馬を用意していた。

「私は先に戻る。お前たちは挨拶を済ませ次第、この地域の警備隊に連絡を」

「すでに済ませております」

珍しくトロワが声を出した。

「助かる。ではお前たちも戻り次第、捜索に合流しろ」

「かしこまりました」

馬で駆け、屋敷へ向かう。思い出すのは馬車が見えなくなるまで手を振ってくれていた彼女の姿だった。

「ソフィア」

レスター公爵の仕業か？　いや、娘が狼に襲われても捜索する素振りも見せなかった。

あのマリウスとかいう元婚約者？　いや、あの情けない男にこんなことをする度胸はないだろう。

「やはりあの女」

すべての中心に公爵の後妻、ミシェーラという女がいる。公爵家を蝕《むしば》む毒婦が。

ソフィアにもしものことがあれば、私でさえ怒りを抑えられない。ましてや今晩、彼女がいないと知ったとき『夜』がどんな行動に出るか。

「無事でいてくれ」

私のため、そして『夜』のために。

# 第五章

「アルベール様は関係ないわ！」

義母が心の底から愉快だというように嘲笑《あざわら》いました。この人はいつからこんなに恐ろしい顔をしていたのでしょうか。

「アルベール？　へぇ、随分親しげに呼ぶじゃない？」

私を取り囲む男たちがジリジリとこちらに近づいてきます。

「そのアルベールとかいう辺境伯に貢がせれば、お前を娼館に売る必要もなくなるね？　今この場でこいつらに襲わせてもいいけど？」

ひとりの男が私の襟元を掴みます。

「やめて！」

その腕を力いっぱい振り払うと、ブチブチという音と共にブラウスの襟が千切れました。その拍子に私は尻もちをついてしまいます。

「あらぁ？」

義母の長い爪が私の首筋をなぞりました。冷たい感触にゾワリと鳥肌が立ちます。

「なぁに、コレ？」

首元に鋭い爪が傷をつけていきます。

「アハハ、なんだお前、こんな跡なんかつけて。まさか本当に辺境伯に気に入られたのかい？」

ヨル様の口づけの跡。それを見た義母の目の色が変わりました。

「なぁんだ、お前にもそんなことができたんだねぇ。ちょっと見直したよぉ」

あははという高笑いが部屋中に響きます。まるで頭がおかしくなったかのように義母は笑い続けました。

「どうだった？　身体を使って男に取り入るのは？　お前みたいになぁんにも知らない女を抱いて喜ぶような男か。辺境伯なんていうのも所詮《しょせん》はそんなもんなんだね」

ニタニタと下卑た笑いを浮かべながら、義母が私の顎《あご》に指をかけます。

「痛いのは最初だけ。あとは適当に喘いでやれば男は勝手に満足するんだ。お前の大好きなアルベール様もそうやって喜んでたんだろ？」

優しく少し恥ずかしがりで、それでいて凛々《りり》しいアルベール様。小さな男の子のようで男らしい、たまに私をからかって喜ぶヨル様。

何も持たない私をおそばに置いてくださったおふたりは、決してこんな人に馬鹿にされていい人ではありません。

「貴女のような人があの方を語らないでください」

「はぁ？」

「あの方々は、貴女のような人が侮辱していい方ではありません！　撤回してください！」

バリンという大きな音を立て、窓ガラスに穴があきました。投げ捨てられた扇子《せんす》が庭に落ちる音がします。

カーテンの隙間からかすかに外が見えました。ここに連れてこられてから初めて見る外の景色。うっすらと差す月明かり。窓の外には、ほんの少しだけ欠けた満月。

「夜……」

約束したのに。頑張って視察を終えたら、たくさんお菓子を焼いて待っていますと。あんなに嬉しそうに笑ってくれたのに。

もう二度と彼の笑顔が見られないかもしれません。嫌です、そんなの。やっと、私を必要としてくれる場所を見つけたのに。

会いたい。

「お前が、私に、指図するなぁあ！」

窓ガラスを割ってしまいそうな甲高い声。私は咄嗟《とっさ》に耳を塞ぎました。

「お前ごときが、あの女の娘ごときがぁ、私に偉そうにするなぁ！　私はあの人の妻になったんだ！　あの人は私だけのもの！　お前らなんかもういらないんだよぉ！」

男たちの近づいてくる気配。身を強張《こわば》らせたその瞬間。

「あぁああああ！」

どこからか獣のような声が聞こえました。

「なんだい、今の。早く見てきて」

ひとりの男が部屋を出ようとしたとき、何かが壊れるような音が屋敷中に響きました。次いで部屋の扉が外側にひしゃげていきます。

「何？　なんなのよ!?」

グチャグチャになった扉からひとりの大男が現れました。

真っ黒な髪を振り乱し、着ているシャツはところどころ破け、そこから血が滲《にじ》んでいます。長い髪の隙間から覗くのは満月のような瞳。

私が会いたかった人。

「なんだ、お前！　ここが誰の屋敷か分かっているのか！」

男たちは怒鳴りながらも少しずつ後退していきます。

土のこびりついた靴でゆっくりと部屋に入ってくるヨル様を、皆食い入るように見つめていました。

「おい！　さっさと始末しなさいよ！」

義母の言葉と共に部屋中に何か濃密な香りが漂ってきました。その途端、男たちがヨル様に剣を振りかざして襲いかかります。

「ヨル様！」

ふたりの男が同時に振り下ろした剣。しかし、その切っ先はヨル様の手であっさりと掴まれてしまいました。

「お前が、ソフィアを、攫《さら》ったのか？」

彼は軽々と剣を持ち上げると、そのまま男ごと投げ飛ばしました。

「な、こいつ化け物か？」

残りの男たちもヨル様には一撃も当てられずふっ飛ばされ、壁に身体を打ちつけて倒れていきます。

「ちょっと！　何してんのよ！」

ヨル様は義母に近づいていきます。義母はどんどん部屋の隅に追いやられていき、最後には壁を背にしてヨル様に見下ろされていました。

「お前が、ソフィアを、攫《さら》ったのか？」

地の底から聞こえるような低い声。温度を感じさせないその声に義母が震えています。

「だったらなんなのさ？　アンタは一体誰なんだ！」

ヨル様が今どんな顔をしているのか、背中を向けられた私からは見ることができません。

「お前こそ、誰だ？　ソフィアは俺のもの。盗むなんて許さない」

「ハっ！　あの子がなんだって？」

またあの香りが漂ってきました。頭の芯を溶かすような不気味な香りが。

「ほら、あんな娘のことなんて忘れちまいなよ。あんな地味で不細工な女より、私みたいな女のほうがいいだろ？」

「ヨル様！　その人から離れて！」

義母の手がヨル様の首元に絡みつき、媚《こ》びるように身体を寄せていきます。

嫌です。ヨル様に触れないで。ヨル様まで変わってしまったら……

「お前、くさいな」

「は？」

義母の手をあっさりと振り払い、ヨル様は大きな手で鼻を覆《おお》います。

「なんだ、その匂い。吐き気がする。酒くさいし香水くさいし、あとなんだ、あれだよ」

首を傾げ、考え込んでいた彼は、何か思いついたように手を叩きました。

「加齢臭だ」

「ぷ、ふ、ふ……」

ダメです。笑っちゃダメ。そう思えば思うほど笑いが止まらなくなります。さっきまでの嫌な空気がヨル様のおかげでなくなりました。

「ソフィア！」

振り返り、駆け寄ってくる彼の顔はいつもの優しい顔。

「ソフィア、良かった、会いたかった。遅くなってごめん」

彼の腕に抱きしめられると安心して涙が出てきました。

「私も……会いたかったです」

怖かった。もう二度と会えないかと思った。

「ごめん、ごめんね、ソフィア泣かないで。ここ血が出てる！　痛い？　大丈夫？」

頭を優しく撫でられ、今日は私が小さな子どもになったような気分です。

「お前ら！　私を無視してんじゃないわよ！」

義母は顔を真っ赤にし、怒りで震えていました。化粧は剥《は》がれ、赤い口紅が歪《ゆが》んでいます。

「どうしてお前には効かないんだ！　今までそんなやつひとりもいなかったのに！　なんで！」

「その加齢臭のことか？」

「違う！　黙りなさい！　私はくさくなんかないわよ！　私の素晴らしい力を、化け物の分際で侮辱するな！」

地団駄を踏む義母にはもう先程までの妖艶な雰囲気はなく、あの不気味な香りも薄れています。

「ヨル様、加齢臭って……」

「いやな匂いのことをそう言うんじゃないのか？　出てくるとき、言われたんだ。『加齢臭ババァをギャフンと言わせてきてください』って。茶髪の侍女に」

「アンと話をしたのですか？」

ヨル様が私以外の屋敷の者と話すのは初めてのことです。

それにしてもアンったら言葉遣いが悪いんですから。

「頼まれたんだ。俺ならソフィアを見つけられる、だからお願いしますって。俺、初めて人にお願いされた。頼られた」

嬉しそうに、恥ずかしそうに笑う彼の耳の先は赤く染まっていました。アルベール様が照れたときと同じです。

「でも、どうしてアンは義母のことを？」

「あのマリウスって男に聞いたって言ってた。アルベールがすごく怒って、そいつの家まで行って問い詰めたって。息子と婚約者とその母親の三角関係？　そのせいで修羅場《しゅらば》？　だって言ってたけど」

アルベール様が私のために？　視察先から王国までは相当な距離があるのに。

胸がきゅっと温かくなりました。

マリウス様はあっさりと義母のことや不思議な匂いのことを話したそうです。

そのとき、ガシャンという大きな音と共に、またあの香りが漂ってきました。見ると、義母が気を失った男から剣を奪い、すごい形相でこちらに切っ先を向けています。

「どいつもこいつも私を無視しやがって！　私は、手に入れたんだ！　あの人の愛も、公爵夫人の地位も、美貌も、全部！　なのに、どうして上手くいかない！」

さっきまでよりもさらに濃く、甘い匂いが部屋を満たしていきます。それに反応するように倒れている男たちの身体がビクリと動きました。

「お前さえ、お前さえいなくなれば！」

男たちが立ち上がろうとします。

そのとき、窓から光が差し込んできました。

「朝……？」

男の背後。目張りされていた窓に僅かな隙間ができていました。そこから一直線に伸びた朝日が部屋の中心を照らしていきます。

「うぅ……あ………」

「ヨル様……！」

突然苦しみ始めたヨル様はその場にうずくまり、動かなくなってしまいました。

「なんなんだい、コイツ……」

うずくまったままのヨル様に義母が近づいていきます。次の瞬間、彼の大きな手が義母の腕を掴みました。

「ひっ……！」

顔を上げた彼の真っ黒な瞳が朝日を浴びてキラキラと輝いて見えます。

「アルベール様！」

彼の目が私を捉えました。そして何故か憤怒の表情に変わります。

「彼女を傷つけたのはお前か？」

「はっ……？」

男たちが立ち上がるよりも早く、アルベール様は義母の構えた剣を叩き落としました。

「聞こえなかったのか？　彼女の頬の傷はお前がやったのか？」

義母から発するあの不思議な匂いが、きっと男たちを操っているのでしょう。義母はどこでこんな力を手に入れたのでしょうか。

どうしてヨル様やアルベール様には効かないのでしょう？　分からないことばかりですが、あの匂いの源はきっと——

「ソフィアの顔に傷がついた。どうしてくれる？　お前の顔も同じようにしてやろうか？」

アルベール様は義母の落とした剣を拾い上げ、その先を義母の喉元に当てます。

「あ、あ……ちがう…………あの娘がいけないんだ。私に、逆らったりするから」

「アルベール様！　ネックレスを！　ルビーのネックレスを壊して！」

鋭い眼光が、義母の胸元で妖しく輝くネックレスを捉えました。義母の顔からさらに血の気が引き、身体が小さく震え始めます。アルベール様の手が一瞬で義母のネックレスに伸びました。

「や、やめっ……」

勢いよく引き千切られたネックレス。彼は躊躇《ちゅうちょ》なくそれを床に叩きつけました。

「いやあぁああああああ!!」

充満していた匂いがあっという間に消え去り、男たちは再び床に倒れ込みます。

「いやぁあああ、やめて、私の、私のネックレス！」

砕け散ったルビーを拾い集めようと義母が床に座り込み、必死に手を動かします。しかし、その目の前でルビーは砂のようになり、消えていきました。

すると、さっきまで若々しく美しかった義母の手が、指先からまるで老婆のような手に変わっていきます。指先から手首、肘、肩、そして次第に義母の顔までも変化していきました。

「いやぁあ、ごめんなさいっ、すぐに、すぐにこの娘を殺します！　この娘の若さを差し上げますから！　お願いっ、私からは奪わないでぇ！」

みるみる皺《しわ》が増え、シミやそばかすが増え、真っ赤だった髪は白髪になり、まだ四十代のはずの彼女は本当に老婆のようになってしまいました。

「あぁあ、どうして？　どうしてなの？　私の願いを叶えてくれるって言ったじゃない！　あの人の心が手に入るって、そう約束したじゃない！」

一体彼女は誰に向かって話しているの？　義母の悲鳴のような叫びが、静かな屋敷に響いています。

「消したのに。あの女と娘の記憶は全部上書きしてやったのに！　なんで？　どうして彼はうわ言みたいに、あの女の名前を呼ぶのよ！　アイリス、アイリスって！」

アイリスとは私の母の名前です。記憶の中の父は、いつも優しく母の名を呼んでいました。

父は忘れていないのです。義母の誘惑の力に必死に抗《あらが》っているのでしょう。

「私の名前はミシェーラよ！　この世で一番美しい女なの！　ただあの人の心が、欲しかっただけなのに……」

うわぁと声を上げながら義母はうずくまり、子どものように泣き続けました。

その泣き声は夜が明け、警備隊がやってくるまで続いたのです。

「『魔女商会』ですか？」

「ああ、何か聞いたことはあるか？」

暖かな日差しの下、カタカタと緩やかに揺れる馬車の中。向かいに座ったアルベール様の表情はとても厳しいものでした。

私が誘拐されてから三日が経ちました。私たちは今、ある場所に向かっています。

「いいえ、初めて聞く名前です」

屋敷に戻った私を皆温かく迎えてくれました。アンは泣いてしまって慰《なぐさ》めるのが大変でした。しかし、それからもずっとアルベール様の顔は暗いまま。ヨル様にもお会いしていません。

『魔女商会』――お父様の取引相手にも、そのような名前は見たことがありません。

「商会と名乗ってはいるが、相手はたったひとり。フードを目深《まぶか》に被った女だ。それ以外何も分かっていない」

「その人が義母にあのネックレスを？」

「ああ、間違いない」

目の前で砂のようになり消えていったルビーのネックレス。虚空《こくう》に向かって泣き叫ぶ義母の声。

「義母は何度も言っていました。私からは奪わないで、約束と違うと」

皺《しわ》だらけになり、別人のようになった義母。もしあれが誰かの悪意によっておこなわれたものなのだとしたら。

「魅了の魔法は遥か昔に禁呪とみなされ、使用はもちろん、それを語ることさえも禁じられている。魔法がほとんど廃《すた》れた今の時代でも、その使用法は厳重に秘されていると聞く」

この世界にも数百年前までは魔法という大いなる力が存在していました。しかし魔法を使える者は少なく、彼らをめぐる戦争が繰り返される中で次第にその数を減らし、今ではほとんど残っていません。

あのネックレスのように不思議な力を宿したものは魔法具と呼ばれ、時折遺跡などから発見されると聞いたことがあります。

「あれは魔法具だったのでしょうか？」

「それなんだが……」

『魔女商会』のフードを被った女は過去に何度か目撃されており、そのすべてが魔法具が関わる事件と繋がっていたそうです。

「しかし、事件に関わる魔法具はすべてまがいものなんだ」

「まがいもの……？　偽物ということですか？」

でも、あのときたしかに義母はネックレスの力を使って男たちを操っていました。

「偽物というと語弊《ごへい》があるかもしれない。力はたしかにあるんだ、しかし完璧ではない。現に私が問い詰めたとき、あのマリウスという男には力が及んでいなかった。ネックレスの力は持っている者が近くにいないと効力が薄れる。本物の魔法具ならそんなことは有り得ない」

一度力を使えば、本体が壊されるまで発動し続ける。だから魔法具は恐れられているのだと。

「ではあのネックレスは？」

「あれは魔法具の模倣品《もほうひん》、レプリカだ。だからこそ、その力も完璧ではない」

義母の、約束と違うという言葉。それはレプリカでは彼女の欲しい結果が得られなかったということなのですね。

「どうしてアルベール様がそんなことを……？」

「私と『夜』にはおそらく魔法がかけられている。それが魔女商会の魔法具によるものかは分からないが、そのフードの女が何か知っているのではと長年調べているんだ。警備隊によると、ソフィアの義母はフードを被った女――つまり魔女商会からあのネックレスを受け取ったと話しているらしい。つまり、魔女商会が魔法具のレプリカを持っていることが確実となった」

世界中で魔法は消えつつあり、見たことがある人もほとんどいません。私も実際に目にしなければきっとおとぎ話だと思っていたでしょう。

「私にも協力させていただけないでしょうか！」

私たちを苦しめたものの正体を突き止めたい。そしてヨル様とアルベール様のために何かできることをしたいです。

「できることは多くないと思いますが、ぜひ手伝わせていただきたいのです！」

するとアルベール様の表情がふわりと柔らかくなりました。

「私から頼もうと思っていたところだ。ソフィアのおかげで『夜』が理性を保ち、私にも協力的になった。ソフィアでなければできないことだ。これからよろしく頼む」

ああ、また。心の奥が温かくなります。アルベール様は私の欲しい言葉をくれる、私を必要としてくれます。

嬉しい。ここに戻ってこられて。あのときヨル様に助けてもらえて、アルベール様と出逢うことができて。

そのとき、馬車が動きを止めました。

「着いたようだ」

ここは私の祖国である王国の、とある診療所。その一番奥、ひっそりとした個室に私たちは案内されました。

明かりとりの窓にはめられた鉄格子。机とベッドがあるだけの小さな部屋。

「お父様……」

そのベッドの上で、お父様は静かに眠っていました。

「……こんなに痩《や》せてしまって」

手を握ると、その長い指は私よりも細い。以前より一回り小さくなったような姿が痛々しくてたまりませんでした。

義母のネックレスは、完璧には魅了の魔法をかけられなかったそうです。だから彼女は常にお父様のそばにいて力を使い続けました。

それでもお父様は無意識にお母様や私の名前を呟いていたようです。

だからこそ、義母はお父様から私を遠ざけたかった。亡くなったお母様にとても似ている私を。

私が行方不明になったあとも義母はネックレスを使い続け、とうとうお父様の記憶が壊れてしまったのです。

もう今は私のことも何も覚えていません。

「すまない、もっと早く気がついていれば……」

「いいえ、アルベール様は……私を助けてくださいました。それだけで充分です……」

義母は警備隊に捕縛され、禁呪を使った罪で裁かれます。おそらくもう太陽の下を歩くことはできません。

「お父様は、優しい人でした。きっと、自分がしたことを覚えていないほうがいいんです。そのほうが、きっと……」

我がレスター公爵家は爵位を剥奪《はくだつ》され、領地も王国に返納することになりました。ここ数年で荒れ果ててしまった土地です。元のような美しい場所に戻るまでは長い時間がかかるでしょう。

「私が、もっとお父様のそばにいれば。もっと早く異変に気がついていたら……悔しい、私はなんて無力なんでしょう」

溢《あふ》れる涙を必死に拭っていると、後ろからハンカチが差し出されました。

「ソフィア、自分を責めないでくれ。君は私と『夜』の恩人なんだ。決して無力などではない」

そのとき私の手を握り返して、お父様が目を開きました。

「お父様！　ソフィアです、私が分かりますか？」

しかし、私の声に何も答えないまま再び目を閉じて眠ってしまいました。

「また必ず会いに来ます。ゆっくり休んで、ご飯をたくさん食べてくださいね」

こうして私の家族をめぐる事件は幕を閉じたのでした。

「ソフィア？」

突然顔を覗き込まれ、ぼぉっとしていた私は現実に引き戻されました。

「は、はい、すみません」

「まだ痛いのか？　それなら無理しないでいい」

しょんぼりと肩を落としたヨル様に向き直り、私は笑いかけました。

「もう大丈夫です、心配かけてごめんなさい」

お父様に会いに行った翌日、義妹ミッチェルと元婚約者だったマリウス様が捕縛されました。ふたりは監視の目を盗み、駆け落ちのように国境を越えようとしていたところを捕まったそうです。ミッチェルは義母のネックレスについては何も知らないと言っているそうですが、それでは辻褄《つじつま》が合わないことが多く、これから厳しい尋問がおこなわれるとのこと。

たとえ本人が魅了の魔法を使っていなくても、義母の悪事に加担していた事実は変わりません。マリウス様は最初、自分は被害者だと主張していたそうです。しかしどうやら義母は彼にはほとんどネックレスの力を使っていなかったようです。つまり、自ら進んでミッチェルともその母とも関係を持っていたことになります、救いようがありません。

彼との婚約が破棄になって本当に良かったです。

「ソフィアはこれからずっとここにいられるんだろ？」

「はい、ずっとこのお屋敷にいられます」

嬉しそうに笑うヨル様にやっと会えたのは、そこからさらに二日経ってからでした。

レスター公爵家の屋敷や調度品はすべて借金の返済にあてられることになり、帰る場所がなくなってしまった私をアルベール様が引き取ってくださったのです。

「理屈っぽいけど、案外いいやつだったな」

「はい、アルベール様は優しい方ですわ」

あの事件以降、なんとアルベール様とヨル様が文通をなさっているのです！

毎日それぞれが眠りにつく前に机に手紙を置いてやり取りしているので文通と呼ぶのは微妙かもしれませんが、お互いを知ることで何かが変われば嬉しく思っております。

「いいやつだけど、ソフィアがアイツを褒めるのは、なんか嫌だ」

ふわりと抱き上げられ、連れてこられたのは寝室のベッドの上。いつかのように優しくベッドの縁《ふち》に下ろされた私の前にヨル様が跪《ひざまず》きました。

「ソフィアは俺のもの。アイツにも渡さない。それはこれからも変わらない、分かったか？」

ジッと目を見つめられると私は頷くしかありません。

「こないだの約束、覚えてるよな？」

ドクンと心臓が跳ねる。忘れられるはずがありません。ヨル様が頑張るためのご褒美。

「もう絶対痛くしないし、傷をつけたりしない」

「はい……」

もう初めてではないのに、この屋敷に来た夜よりも緊張していました。

「あ……」

履いていた靴を脱がされ、ヨル様の手がそのまま私のスカートをたくし上げていきます。侍女服の下に穿《は》く真っ黒なストッキング、その付け根まできたとき、彼の手が止まりました。

「ソフィア、これ」

黒いレースのガーターストッキングと同じレースのショーツ。こういうものを身につけるのは初めてで、どう答えればいいのか分かりません。

「あの、ご褒美なので、どうしたらいいか悩んでいたら、その、男性はこういうものが嬉しいんじゃないかと、アドバイスされまして」

太もものレースの部分をゆっくりと指でなぞられると、自然と身体が震えました。

「こういうのは、お嫌いですか……？」

恥ずかしさで顔が熱いです。アンもトロワもなぜかノリノリで私の下着を選んでくれたのですが、思っていたよりずっと大人っぽくて、もしかしたら私には似合っていないのかも。

「やっぱり変ですか？」

「待って！　ちょっと待って！」

顔を両手で覆《おお》い、ヨル様が動かなくなってしまいました。

「ヨル様？」

顔を背けるほどひどいでしょうか？

「ソフィアはズルい！」

しばらくして頭を上げたヨル様の顔は、私と同じくらい真っ赤に染まっていました。

「今日は優しくするって決めてたのに！　こんなことされたら困る！」

「ご、ごめんなさい、嫌でしたよね……」

「嫌じゃない！　だからズルい！」

これは喜ばれてる？　困らせている？　また顔を伏せてしまったヨル様の頭にそっと触れてみました。

「ヨル様に喜んでもらいたかったんです。逆に困らせてしまいましたね」

サラサラとした黒髪を撫でていると、彼は耳まで真っ赤で。もしかしたら今夜緊張していたのは私だけではなかったのかもしれないと気づきました。

「ソフィアはズルい。優しいし、可愛いし、なのにそんな下着つけてるなんて反則だ」

「はんそく、ですか？」

ふいにヨル様の髪を撫でていた手を握られ、そのまま手のひらに口づけを落とされました。

「ひぁ……」

「ソフィアが悪い。そんな風に俺を誘惑するようなことするから」

親指、人差し指、中指……一本ずつ咥えられ、丁寧に舐められていきます。

「匂いも味も全部美味しい」

そのまま彼の舌は私の膝へ向かい、ストッキングを脱がされ左足の指まで舐《ねぶ》られます。

「足の、先は汚いです、から……」

チュプとわざと音を立てるように彼はすべての指をしゃぶりました。

「嘘、石鹸のいい匂いがする。汚くない」

「でも……恥ずかしい」

左の次は右足へと彼の愛撫は続きます。くるぶしからふくらはぎ、太ももの内側を舌が這《は》っていきます。

「これ、アイツにも見せたのか？」

黒のレースを舌でなぞりながら、金色の瞳が私を見上げています。

「見せていません！」

そのときの心底嬉しそうなヨル様の顔。おそらくアルベール様は絶対にしないであろう悪い表情でした。

「あの……ヨル様……、目が」

「俺の目がどうかしたか？」

ヨル様の指が、私のブラウスのボタンをスルスルと外していきます。その金色の瞳が底光りしているように見えました。まるで、森の中で獲物を見つけた獣のように。

「ソフィア」

私が身につけているのはもう黒いレースの下着だけ。両手は彼の左手に押さえつけられ恥ずかしくても隠すことができません。

「このレース、透けてる」

「あ、ン……」

胸の先を彼の指が弾きます。それだけでぷっくりと硬くなった先が下着の上からでもはっきり分かってしまいます。

嬉しそうに彼は何度もレースの上から硬くなったソコを弄《もてあそ》びました。

「いやあ……」

「ソフィア、舌出して」

その瞳に見つめられると、私は抗《あらが》うことができなくなります。小さく口を開け舌を出すと、彼の唇がそれを容赦なく吸い上げました。

「んん、ん……ぁあ、ン」

ふたりの舌が絡まり、口の端から唾液が零《こぼ》れ落ちます。それさえも彼は美味しそうに舐め上げ、何度も何度も私たちは深く口づけを交わしました。

「ぁ……」

それだけで自分の芯が火照《ほて》り、身体の奥がぐずぐずと蕩《とろ》けていくのが分かります。まだ触れられていないのに下着がぬるりと湿りました。

彼の手が腰を撫でた瞬間、羞恥から咄嗟《とっさ》に脚をギュッと閉じてしまいます。

何かに気づいたように彼がニヤリと嬉しそうに笑いました。

「ソフィア、もう濡れちゃった？」

耳朶《じだ》を甘噛みされ、身体が小さく跳ねます。

「ソフィアは耳が弱い。舐めるとピクピクして可愛い」

「いや、ダメぇ」

耳の裏、耳の縁《ふち》をなぞる卑猥《ひわい》な音が直接頭に響きます。彼の言うとおり、恥ずかしいくらい身体が震えました。

「ヨル様の、いじわる」

そう言った途端、彼の両手ががばりと私の脚を大きく開きました。

「イヤ、ダメ、見ないで」

「ほらやっぱり濡れてる。ソフィアはいじわるが好きなの？」

黒いレースでできた小さなショーツがしっとりと張り付いています。息がかかるくらい彼の顔が近づきました。

「いやらしい匂い」

「あぁ、ん……」

彼の唇がショーツの上から花蕾に口づけました。ぐずぐずとまた私の中から何かが溢《あふ》れ、ショーツを汚していきます。

「ひぁ…………ん、ん……あぁ」

チュプチュプと彼の舌が隘路に侵入してくる感覚。自分の愛液と彼の唾液が混ざり合い、零《こぼ》れ落ちます。奥まで触れてほしくて、身体がどんどん敏感になる気がしました。

花蕾を弄《いじ》られる快感に身体を震わせながら、彼の指が私の中に入ってくるのを感じます。

「ソフィアの中こんなに熱くて、グチャグチャ。早く挿《い》れたい」

彼の指が中をかき混ぜていきます。ゆっくりと出し入れされるたび声が漏れました。

「ヒャ、あんっ……ンん……！」

「ココか？」

そこを引っ掻かれ、勝手に身体が動きました。何度も同じところばかり彼は責め立ててきます。

「ソフィア、もう無理、我慢できない」

服をすべて脱ぎ捨て、彼が私に覆《おお》いかぶさります。身体のところどころに残る小さな跡。私を助けるために森を駆けてきてくれたときの傷跡。

心の中に温かな気持ちが広がっていきます。

「ヨル様、きて……」

私の隘路を彼の大きなモノが押し入ってきます。ゆっくりと彼は私の中を確かめるように動きました。

「んあ、あぁ……ヨル様……」

パチュンと肌と肌が触れ合う音が響くたび、彼の名前を呼びました。指を絡ませ、唇を重ね、身体の奥で彼を感じます。

キスしたまま、彼の首にグッと腕を回しました。腰を押さえつけられ最奥を突かれます。

「アァっ……深い……！」

彼はソコを執拗《しつよう》に突き上げました。そのたびに私の頭の中がチカチカとします。

「ここが気持ちいい？」

「ああ、ん、気持ち、イイ……」

奥をグリグリと擦られると、どうしようもない感覚が身体の奥から溢《あふ》れそうになります。私はそれを堪えるのに必死でした。

「いや、ん……何か、くる」

頭の芯が火照《ほて》り、何かが弾けそうな感覚。自分の身体が別のモノになるようで怖い。

「ソフィア、イキそう？」

「嫌、こわい、ヨル様……」

唇を重ね、目を開けると優しい彼の瞳がこちらを見つめていました。

「こわくない、俺で気持ちよくなって？」

彼の腰の動きが速くなっていきます。私の気持ちイイ場所が、たくさん擦られる感覚がたまらない。

「アア！　イクっ、イっちゃう！　んんっ！」

頭の中が真っ白になり、私は必死に彼に縋《すが》りつきました。たくましい腕が私を抱きしめます。

「こんなの、初めてです……」

息が上がってしまいます。鼓動が整う間もなく、彼の身体が離れました。

「ごめんソフィア」

「……え……」

そのまま私はなぜかうつ伏せに寝かされました。

「優しくするって言ったのに、ちょっと無理」

「ひぁ……、え、あぁああ……ん」

敏感な身体を彼が後ろから貫きます。またすぐに私の中は快感に溺れていきました。

それからのことはあまり覚えていません。

気がついたら朝で。私はまた、朝には必ず自室に戻るというアルベール様との約束を破ってしまいました。

◆◆◆

何度も何度も彼女の中に自分を吐き出して、ようやく少し落ち着いた。

気がついたら彼女は眠っていた。結局優しくするという約束を守れなかった。

「ソフィア」

その柔らかい髪を撫でると、ふわりと彼女の香りが鼻をくすぐった。

彼女は俺の光。

暗闇しかなかった俺の人生を明るく照らしてくれる。

「ソフィア好きだ、大好き。俺の恋人になって」

俺の言葉は静かな部屋に消えていく。

言えない。夜にしか生きられない俺には。優しい彼女にそんなこと言ったら困らせるに決まっている。

太陽なんて見られなくていい、一日でも長くこの幸せな夜が続いてほしい。

# 第六章

「ああぁあ………！」

すぐそばから聞こえた声。ハッとして起き上がろうとすると、頭から毛布をかけられました。

「動かないでくれ！」

窓から差し込む朝日。下着しか身につけていない自分。ああ、またやってしまいました。

「申し訳ございません……」

「いや、いい、気にしないでくれ。君が悪いわけじゃないことはよく分かっている。しかし、今は動かないでほしい」

クローゼットを開ける音、部屋の中を歩き回る音が聞こえます。たまにガタンとどこかにぶつかるような音。

「あの、何かお手伝いを……」

「大丈夫だ！　そのまま、君はそのままで……」

顔を見てちゃんと謝りたいと思うのに、それも許されない状況です。

アルベール様との約束を破ってしまうのは、今日で何回目でしょうか。

「おはようございます……」

「ソフィアおはよ！　今日も朝から悲鳴が響いてたねぇ！」

アンの言葉がグサリと心に刺さります。大切なご当主様に悲鳴を上げさせて本当にすみません。

「えっ、ちょっと、そんなに落ち込まないでよ！」

しょんぼりと肩を落とした私を見て、アンが慌てた様子で駆け寄ってきました。

「アルベール様にはご迷惑をおかけしてばかりで……」

「いやいや、ご褒美の間違いでしょ」

目が覚めたとき、一緒にいた覚えのない女が横で寝ていることがご褒美なわけありません。アンはすぐそうやってからかいます。

「ご当主様もそのまま襲っちゃうくらいの度胸があってもいいと思うんだけどなぁ」

「え？」

「いや、こっちの話。とにかくソフィアはなんにも心配することないから！　ね、分かった？」

大丈夫大丈夫と肩を叩かれ、今日も昼食の食卓につきました。本当にこれでいいのでしょうか。

改めてアルベール辺境伯様のお屋敷で働き始め、そろそろ二週間になります。私の日常は昼と夜、どちらも変わりはありません。

いえ、その、ヨル様が明け方ギリギリまで離してくれず、約束を破ってしまうことは少し増えてしまいましたが。それでも侍女として頑張ってお仕えしております。

私は毒婦だった義母から逃れるため王国から亡命したことになっており、アルベール様の尽力で帝国での市民権を得ることができました。

侍女として働く必要はもうないと言われたのですが、私はこのお屋敷で働くのがとても楽しいのです。アルベール様のお許しをいただき、こうして変わらず過ごしております。

そのはずなのですが、最近アルベール様に避けられているような気がするのです。

約束を破っている私が悪いのかもしれません。でもそのことを謝ろうにも朝以外お会いする機会もなく、お話しすることもできません。

たまに遠くから見かけても、すぐに目をそらされてしまうのです。

一緒に外出して、少し距離が縮まったと思っていたのは私だけだったのでしょうか。

「嫌われてしまいました」

そんなとき、一通の手紙が届いたことでお屋敷が慌ただしくなりました。

「アルベール様のお父様ですか？」

それは前辺境伯様——ランセント様がこのお屋敷を訪ねてくるという知らせでした。

久しぶりに呼び出された執務室で、アルベール様の表情は沈んでいました。

「そうなんだ。それでソフィア、父は君に会いたいと言っている」

「私にですか？」

前辺境伯様がどうして私に？　もちろんお会いしたことはございませんし、私の生家とも関わりはなかったはずです。

「私のせいだ。君を助けるために『夜』をこの森から出したことが父に知られてしまった」

「ヨル様？」

幼い頃、初めて現れたヨル様によってアルベール様のお母様は両腕に深い傷を負いました。そのお母様の療養のため、ご両親はここから離れた南の別荘地で暮らしておられるそうです。

アルベール様が成人し、辺境伯を継いでからはほとんどお会いしていないと聞いていました。

「ヨル様はこの森から出てはいけないのですか？」

屋敷の周りに広がる深い森。辺境伯であるアルベール様の許可なしに入ることのできないこの森にそんな決まりが？

「出てはいけないと決まっているわけではないのだ。『夜』自身もそんな約束を守るようなやつではない。しかし、父は」

アルベール様は言い淀《よど》み、小さく溜息をつきました。思えばアルベール様からご自身の家族の話を聞くことはほとんどありませんでした。

「父は『夜』を嫌悪している。憎んでいると言ってもいい。だから、『夜』が気に入っているという君のこともひどく疑っている」

疑っている。その言葉の意味をこのときの私はしっかりと理解できていませんでした。

「『夜』が君を助けたことも、君が来てくれてから暴れなくなったことも父は信じていない。父にとって『夜』は母を傷つけた化け物だ」

化け物。

あれからまた新月の夜が来てもヨル様が暴れることはありませんでした。私を助けてくれたときだって、ご自分から相手を傷つけたりはしていません。それなのに……

「父はおそらく君を追い出すつもりだ。そんなことをさせるつもりはないが、君をとても不快にさせるだろう。それでも父と会ってくれるか？」

ヨル様からも聞いたことのない家族のこと。何か私にもできることがあるのなら。

「はい、ぜひお会いしたいです」

その馬車が到着したのは、朝からシトシトと雨が降る日でした。

必要最低限の従者だけを連れた前辺境伯ランセント様は馬車を降りたそのときから、不機嫌そうに眉間に皺《しわ》を寄せていました。

アルベール様と同じ黒い髪を後ろに撫でつけ、分厚い眼鏡の奥から値踏みするように私を見つめています。

「出迎えご苦労、世話をかける。ドゥーロック、アン、トロワ」

見上げるほど背の高い方です。アルベール様と同じくらいでしょうか。瞳の鋭さが相まってとても迫力があります。

「お初にお目にかかります、ソフィアと申します」

玄関ポーチでカーテシーの姿勢を取る私の横をランセント様は通りすぎていきました。

「あの化け物を手懐《てなず》けたというからどんな女傑かと思ったが、まだ子どもではないか」

振り向くことなくまっすぐに執務室へ向かっていく背中を、私は見つめることしかできませんでした。

「ソフィア様、気を落とさないでください。ランセント様は皆に等しく厳しい方なのです。だからこそ長らくこの辺境伯領を護ってこられました。必ずソフィア様のことを分かってくださいます」

ドゥーロックさんの言葉で少しだけ緊張が和らぎました。

「はい、頑張ります」

私は早足でランセント様を追いかけました。


「お前がこんな幼女趣味だとは知らなかった」

隣に座るアルベール様が盛大に咳き込み、紅茶を噴き出しそうになるのを必死に堪えています。

私がハンカチを差し出すとアルベール様は軽く会釈《えしゃく》し、それで口元を押さえました。

「その侍女服もお前の趣味か？」

「違います！」

肩を震わせ反論するアルベール様の声はとても冷たく、家族に向ける声には聞こえませんでした。

「そんなくだらない冗談を言うために、わざわざここまでいらっしゃったのですか？」

私たちの向かい側に腰かけるランセント様は面白そうに口元を歪《ゆが》めていますが、その瞳はまったく笑っていません。

「私が冗談を言うと思うのか？」

父親であるはずのランセント様もまた家族とは思えないほど冷たい視線をアルベール様に向けています。

「まぁいい、回りくどいことは好かん。単刀直入に聞く。お前はそれをどうするつもりだ？」

顎《あご》で示されたのは、もちろん私です。

「『夜』が気に入っている。それだけでここに置いておくことはできん。分かるな？」

「いいえ、まったく分かりません」

ランセント様のこめかみがピクリと動きました。

「『夜』を身体で籠絡《ろうらく》した女を居座らせる気か？」

次の瞬間、アルベール様が拳をテーブルに叩きつける音が響きました。

「彼女を侮辱することは、たとえ貴方であっても許さない」

そのとき初めてランセント様の瞳が私を捉えました。

「どうやら君は……見た目以上に男を誘惑するのが上手いらしい。血は繋がっていなくとも母娘は似るものなのか？」

カッと頭に血が上るのを感じました。私のことをすべてご存知で、その上でわざと挑発しているのでしょう。

ギュッと拳を握りしめ、私は笑顔を作りました。

「私はヨル様に命を救われ、アルベール様は私に居場所をくださいました。私はその御恩に報いたいだけでございます」

「恩？　恩など感じる必要はない。辺境伯としての義務を果たしただけだ。息子の立場を考えるなら即座にここから立ち去ってくれ」

脚を組み、ランセント様は私の言葉を鼻で笑います。

「ああ、君にはもう帰る場所がなかったんだな。必要なら結婚相手を見繕《みつくろ》ってやろう。高位貴族なら何人か心当たりが」

「いい加減にしろ！」

震えるほど低い声。アルベール様の握りしめた拳から血が滲《にじ》んでいます。

「アルベール様、血がっ！」

「これ以上彼女を貶《おとし》めるような発言をすれば、ここから立ち去るのは貴方だ」

静寂に包まれた部屋に小さな雨音だけが響きます。

「貴族たちがなんと言っているか、知っているか？　人前にろくに姿も見せない辺境伯が王国から娘をひとり、金で買ったと。禁呪を使い、男を狂わせた女の娘をな。化け物には似合いの女だ」

「ドゥーロック！」

執務室のドアが開かれ、アルベール様が立ち上がります。

「帰ってくれ、貴方と話すことは何もない」

ランセント様は素直に立ち上がり、部屋をあとにしました。

「明日また来る」

ドアが閉められた途端、私は力が抜けてしまいました。

「ソフィア、本当にすまない」

こうして森の中のお屋敷に春の嵐が訪れることになったのです。

◆◆◆

「こんな時間に起きてくるとは優雅なものだな」

翌日、父がソフィアにそう嫌味を言っているのを見た私は怒りで目眩《めまい》がした。

まさか本当に翌朝やってくるとは思わなかった。

「あれはいつまで続くんだ」

父の襲来から早一週間、あれから二日と間隔をあけずにやってくる前辺境伯に、屋敷の者は皆疲れ切っていた。

特にソフィアの疲れは日に日に溜まってきているようだ。

当然だろう。毎晩『夜』の相手をしたあと、ほんの少し眠っただけで侍女の仕事をしているのだ。もう少し休むように言っても、真面目な彼女は大丈夫だと答えるばかりで眠い目を擦りながら働いている。それもすべてあの父のせいだ。

「今日もソフィア様の様子を観察されているようです」

「あれは観察ではなく、監視だろう」

彼女が一体何をするというのか。まるで彼女がこれから悪事を働くかのように扱うのはやめてほしい。

「父はいつからあんなに疑り深くなったんだ」

「ランセント様は『夜』様に関してだけは、いつもああですよ。ソフィア様がいらっしゃって最近では暴れることはなくなったというのも信じていないご様子です」

乱れた様子のない屋敷を見せても、ソフィアがいくら説明しても、まったく聞く耳を持たない。

一体父は何がしたいのか。

「あれではソフィア様が可哀想です。あんなに一生懸命働いてくださっているのに……」

「分かっている。『夜』のことも彼女に任せきりだしな」

私は机から一通の手紙を取り出した。今朝ここに置かれていたそれは、相変わらず稚拙《ちせつ》な文字で書かれている。最初のものに比べればだいぶ読めるようになったが。

『ソフィアの元気ない。昼間何があった？　彼女を泣かせたら、許さないからな』

これで何通目だろう。『夜』から手紙をもらうのは。文字の書き方を『夜』に教えているのはソフィアだ。それがどれだけすごいことか。

「この手紙すらソフィアの自作自演だと言われたときは、怒りを通り越して呆れたよ。父はどうして信じようとしないんだろうな」

ずっと、父は『夜』を憎んでいるのだと思っていた。

当然だ。『夜』が負わせた母の両手の怪我。そのせいで母は握力を失い、療養生活を強いられている。父は母を本当に愛していたし、今だってそうだ。だからこそ、父は私ではなく母のそばにいることを選んだ。

「それなのに、これではまるで『夜』に化け物でいてほしいみたいじゃないか」

『夜』が母を傷つけたあの夜から、私は母に一度も会っていない。

最初はどうして会わせてもらえないのか分からなかった。しかし夜が明けるたび、傷だらけになった自分の身体や屋敷の様子を見て、次第に自分に何が起こっているのかを理解していった。

「お母様に会いたい」

それでも寂しさは消えなかった。母なら分かってくれる。どんな私でも受け入れてくれる。そう信じていた。

知らなかったのだ。自分が母に何をしたのか。母から何を奪ったのか。

会えないなら手紙を書きたい。それならいいでしょうと言ったときの父の顔。あのなんとも言えない顔を私は一生忘れないだろう。

母は二度と手紙を書けない。父にそう言われたとき何を言っているのか分からなかった。

「手紙を書けないってどういうこと？」

それまで母の怪我に関して屋敷の者は誰も教えてくれなかった。だから父に聞いたのだ。父ならば賛成してくれると信じていた。

「エミリアは二度とペンを握ることはできない」

母の名を悲しそうに呼ぶ父の声。そのとき初めて自分のしたことの重大さを知った。

父は辺境伯として素晴らしい功績をいくつも挙げていた。領民に慕われ、こんな風になりたいとずっと思っていた。

子どもの自分から見ても、母を大切にしていた父。その父から向けられた冷たい視線。もうあの頃の温かい家族には戻れないのだと悟った瞬間だった。

二度と母のことは口にしなかった。がむしゃらに勉学に励み、『夜』のことは考えないようにした。

幸い屋敷の使用人はどんどん少なくなり、私の秘密を知る者は限られ、成人し辺境伯の仕事を受け継いでからはますます人と関わらなくなった。

いつしかその異常な生活が普通になっていた。それでいいと思っていた。夜の間に増える傷も痣《あざ》もすべて無視した。

あの日彼女がやってくるまでは。

彼女は私の傷を心配してくれた。痣《あざ》があれば労《いたわ》ってくれた。血が出ていれば、当たり前のようにハンカチを当ててくれたのだ。

『夜』もきっと、そんな当たり前が嬉しかったんじゃないのか？

私たちに普通に接してくれる彼女がどれほど素晴らしい存在なのか、どうして伝わらないのだろう。

「アルベール様だって最近ソフィア様を避けていらっしゃったではないですか」

「あ、あれは！」

あの事件から彼女が約束を守れないことが増えた。

明け方、自分の部屋に戻れず寝入ってしまう彼女の隣で目覚めることがこの上なく幸せだった。決して触れてはいない。素肌だって見ないようにしている。ただ、彼女の安らかな寝顔を見ていたかっただけだ。

しかしそんなことをしていると知られたら彼女にどう思われるか。後ろめたい気持ちのせいで彼女とまともに目を合わせることもできない。

「アルベール様……」

「やめろ、憐《あわ》れんだ目で私を見るな」

そのとき、執務室のドアが乱暴に開かれた。

「ご当主様！　ちょ、ちょっと！」

「アン！　言葉遣いに気をつけなさい。ランセント様に聞かれたら」

「大変なんです！　ソフィアが、なんかランセント様と言い争っています！」

私はすぐに部屋を飛び出した。

◆◆◆

「こんな時間に起きてくるとは優雅なものだな」

冷たい視線を振り払うように私は飛び起きました。自分の部屋の自分のベッド。周りを見回し、時計を確認。大丈夫です。まだ朝の七時です。

ホッと息をつき、ゆっくりと目頭を押さえました。

まさか夢にまで見るなんて。

昨日はいらっしゃらなかったから、今日は来るかもしれません。

眠い目を擦《こす》りながら身支度を始めます。まだベッドに入って三時間ほど、でもそんなことは言っていられません。

またあんなことを言われたら、私をここにおいてくださるアルベール様に申し訳が立ちませんもの。

きつく髪を結び、私は部屋を出ました。

「ソフィア様、もう少し休まれたほうが」

「そうだよ！　なんか顔色も良くないし、今日は休めば？」

ドゥーロックさんとアンはそう言ってくれますが、私だけ休むなんてできません。普段あまり表情の変わらないトロワまで心配そうにこちらを覗いていました。

「私は大丈夫です！　さぁ朝の掃除から始めますね」

笑顔で拭き掃除を始める私を、皆が不安げに見つめていることには気づかないフリをしました。

心配かけてごめんなさい。でも私はどうしても認めてもらいたいんです。ヨル様のことも私自身のことも。ひとりだけ寝ているなんて絶対嫌です。

「ひどい手だ」

ランセント様から突然声をかけられたのは、私が裏庭で畑仕事をしているときでした。予想どおりあれからすぐに現れた前辺境伯様は、今日も私の仕事をただ見つめていました。掃除も洗濯も遠くから見ているだけ。視線が気になって仕方ないけれど、振り返る勇気はありませんでした。

予想外の言葉に、私は自分の手をまじまじと見てしまいました。爪の間に入った土。春になったとはいえ水は冷たく、指は赤くカサついています。たしかにあまり綺麗とは言えない手。

「ついこの間まで貴族だったとは思えんな」

貴族……。果たして義母たちに使用人のように扱われていた私が貴族だったと言えるのでしょうか。でも、あの頃としていることはあまり変わらないのに、今のほうが何倍も楽しいです。

「そうかもしれません。でもこの手も私は好きです」

自分で望んで働くことは、いやいややらされる仕事とはまったく違います。たしかに水仕事をしない手は美しい。それでも貴族のままでは分からないことがたくさんありました。何も知らないままではいられなかったのです。

「ハッ、詭弁《きべん》だな。いい加減やめたらどうだ？　息子に取り入り妻の座を狙うつもりだろうが、そのために化け物の機嫌まで取るのだから恐ろしい女だ」

「ヨル様は化け物ではありません」

まっすぐにランセント様の目を見据えました。春の美しい庭に冷たい風が吹きます。

「アレが我が妻に何をしたか知りながら、それを言うのか」

「私には昔のことは分かりません。でも私の知るヨル様は優しく思いやりのある方です。それだけは紛れもない事実です」

何か理由があったのではないでしょうか。ずっと思っていました。ヨル様がなんの理由もなく人を傷つけるなんて私には信じられません。

「毒されている」

「え？」

「あの化け物に魅了の術でもかけられているのか？　普通の人間の思考とは思えん」

冷たく私を見つめる瞳には明らかな憎しみが浮かんでいました。

「あの化け物に理解者など必要ない！　あれはただ孤独に生き、孤独に死ぬべき化け物だ！」

震えるほどの憎悪に身体が竦《すく》みました。どうしてそこまで憎むことができるの？　だって……

「ヨル様の身体は、アルベール様のものでもあるのではないですか……？　たとえ夜の間だけ人格が変わってしまっても、朝になれば大切な家族ではありませんか」

アルベール様がどんな気持ちで家族と離れ、この深い森の中で暮らしているのか。人との関わりを断ち、もう二度と誰も傷つけることのないようにと願いながら。

「どうしてそんなことを仰《おっしゃ》るのですか！　アルベール様は家族である貴方を守るために、離れて暮らしているのではないのですか！　孤独になんかさせません！　私がおそばにおります！　アルベール様もヨル様も決してひとりになんかしません！」

怒りながら涙が止まりませんでした。アルベール様がどれだけ素晴らしい方か、ヨル様がどれほど優しい方か。どうして分からないのでしょう。一番そばにいてほしい家族のはずなのに。

「どうして分かろうとしないのですか！　一番理解してほしい家族が分かってあげないで、どうしてそんなことばかり言うのです！　どうして」

そのとき身体がぐらりと揺れ、頭がふわふわとしました。足元がおぼつかない感覚。ふっと力が抜け、畑の中に倒れ込んでしまいました。

「ソフィア！」

薄れていく意識の中で、最後に見たのはアルベール様の心配そうな顔。

「大丈夫です、大丈夫……」

私が一緒にいますから、だから心配しないで。

# 第七章

帝国社交界。そこは今、あるひとつの噂で持ちきりだった。噂は尾ひれをつけ、貴族界のみならず庶民にまで広がっていた。

社交の場にほとんど顔を出さず、首都から遠く離れた森の奥に暮らすエルバス辺境伯。

古くは皇族の血を引く辺境伯は、齢《よわい》三十歳にして婚約者すらいない独り身。国の令嬢たちがその妻の座を狙おうにも、そもそも彼に会うことすら叶わない。

どうして彼は人前に姿を見せないのか。その理由を知る者はおらず、顔がひどく不細工だとかひどい傷跡があるとかと貴族たちの噂の的になっていた。

そんな辺境伯が隣国からひとりの令嬢を助け出したというのだから、噂にならないわけがない。

この世界で禁忌《きんき》とされている魅了の魔法具。それにより家族から虐《しいた》げられた薄幸の公爵令嬢。彼女を辺境伯が救い、その屋敷に匿《かくま》っているというのだ。

この大きな出来事は貴族たちの憶測を呼び、皆思い思いのストーリーを作り上げた。しかしそもそも貴族たちは辺境伯に会ったこともなく、その隣国の令嬢がどんな女性なのかも知らない。噂はすぐに消える、はずだった。

その噂はいつしかひとつのストーリーに帰結していった。まるで何かに導かれるように。

人前に姿を現さない辺境伯は長い間恋をしていた。それは人ならざる恋。相手は自分より十二も歳下で、彼女は成人すらしていない。

辺境伯はずっと家族に虐《しいた》げられている彼女を遠くから見守り続け、彼女が成人した今ようやく助け出すことができた。

なんという甘美な恋物語。本人たちの知らぬところで、この物語は貴族から市民たちの間に広がり、今では本や演劇にまでなっていた。

暗い部屋の中、小さなテーブルの上に置かれた一本の蝋燭《ろうそく》とワイングラス。真っ赤な液体を傾け、女がひとり嘲笑《あざわら》っていた。

「あぁ……本当に面白い」

フードを目深《まぶか》に被り、女の顔は見えない。分かるのは歪《ゆが》んだその口元だけ。

「まさかあの女の娘が、あの夜の化け物に助けられるなんて」

フフフとひとり笑う女。酒をあおり、すぐにグラスは空になった。

「本当、人生ってなんて面白いのかしら」

部屋の壁には厳重に鍵のかけられた棚があり、その美しいガラス棚には様々なものが並べられていた。

ネックレスやブレスレットなどの宝石から鏡などの日用品まで。そのすべてにこの世界では禁忌《きんき》とされている魔法がかけられている。

「あの女が失敗したせいでせっかくの代償をもらい損ねたけど、まぁいいわ。娘が自分から私のところに来てくれるんだから」

女はまたひとりで笑い始めた。その声は若いような老婆のような不思議な響きを持っていた。

「気に入ってくれるかしら？　せっかく美しい恋物語にしてあげたんだから早くいらっしゃい」

女の口元で、舌なめずりをするように蝋燭《ろうそく》の炎が揺れている。

「化け物にお似合いの物語にしましょうね」

◆◆◆

「うぅ……」

朦朧《もうろう》とする意識の中、短い夢を見ては目を開け、また眠ることを繰り返していました。頭が痛いです。喉も渇いているし、どれだけ眠っても眠い。

ああ、私、風邪を引いたんだわ。この感覚はよく知っています。小さい頃から何かに集中すると自分の身体のことは後回しにしてよく叱られました。

どれだけの時間そうしていたでしょうか。

目を開けたとき、金色の瞳が心配そうに私を見つめていました。

「ソフィア？　大丈夫？」

「あれ？　ヨル様……？」

どうして彼が私の部屋にいるのでしょう。大きな手が私の額に当てられます。

「まだ熱がある。何かしてほしい？」

「喉が渇いてしまって……」

ベッド脇の水差しからコップに水を注ぐと、ヨル様はその水を自分で飲み始めました。

「え」

次の瞬間、彼の唇が私に重なり、冷たい水が喉を通っていきました。コクンと喉が鳴り、身体中に染み渡っていきます。

「ん……ダメです。風邪がうつったら大変ですから」

「いいよ、それでソフィアが治るなら」

優しく頭を撫でられながら周りを見渡すと、そこは私の部屋ではありませんでした。

「どうして私、アルベール様の部屋に？」

豪華なベッドに寝かされ、枕元には水差しと小さく切られたフルーツ。まさかアルベール様のベッドを占領してしまっていたなんて。

「アイツがいいって言ったんだ。ここなら俺もソフィアのそばにいられるし、どうせアイツはベッドなんてほとんど使わないしな」

倒れたときのことをぼんやりと思い出しました。駆けつけてきてくれたアルベール様。あのあと一体どうなったのでしょう。

「ソフィアに風邪引かせるなんて、泣かせるのと同じくらい悪い」

「私は大丈夫ですから、心配かけてごめんなさい」

どうやらランセント様のことを、ヨル様はご存知ないようです。良かった。

聞いたらきっとヨル様は怒ってしまうから。怒りながら、傷ついてしまうから。

「ソフィア、早く良くなって」

頭を撫でられながら、私はまた眠りの中に落ちていきました。

ヨル様の看病のおかげか、翌朝にはすっかり熱も下がりました。ようやく普段どおりの生活が戻ってくると思っていたのに。

春の嵐はこれだけでは終わらなかったのです。

「え……私にですか？」

その日届いたのは、一通の招待状。いつもの昼下がり。暖かな温室で向かい合うアルベール様は、また難しそうな顔をしていました。

「私と共に来てほしいとのことだ」

アルベール様は困惑した表情で何度も内容を読み返し、小さく溜息を漏らしました。

「でもその会場は……」

「ああ、首都だ。ここからだと馬車で片道三日はかかる」

それはお茶会の招待状でした。毎年春に開催されている皇家主催のお茶会で、会場は帝国首都ハルビアン。皇城で開かれるお茶会ということもあり、ほとんどの貴族が参加されるとか。

「毎年断り続けているので、最近では招待状すら届かなかったのだが……どうやら母が手配したらしい」

「エミリア様が、ですか……？」

アルベール様が二十年以上お会いしていないお母様。その方からのご招待。

「でも私には参加する資格がありません」

レスター公爵家は爵位を返上し、私にはもう貴族としての身分はありません。

「それについても手回し済みのようだ。父が君のために爵位を買ったらしい」

「ええええ！」

私が倒れたあと、ランセント様はエミリア様の待つ別宅へ帰られたそうです。あの日言い合いになったまま、私は謝罪もできていません。それなのに何故私のためにそこまでなさるのでしょう。

「アゼリア伯爵という伯爵位を購入したという証書が同封されていた。まったくなぜなんの相談もなくこんなことを……」

「伯爵位ですかっ！　そんな、た、大変な金額ではないですか!?」

男爵や子爵の爵位でさえ、買うとなれば平民の年収の何倍もの金額が必要なはず。それが伯爵位ともなれば……

「私は、一体どうすれば、あの、このお金は必ずお返ししますので……」

「ソフィア、落ち着いてくれ。父が勝手にやったことだ、返済する必要はない」

「で、でも、そんなわけには……」

「どうしてこんなことを。然《しか》るべきときが来たら私がそうするつもりだったのに……よりによって父に先を越されるなんて……」

アルベール様の呟きはあたふたする私の耳には届きませんでした。

「あの、ここまでしていただいてしまったら、お断りするなんて……」

「残念だがそれは難しいだろう。この茶会を君のデヴュタントにしろと書かれている」

いきなり貴族位を授かり、デヴュタントまで用意されてしまいました。本当に一体なぜこんなことに。

「一体どうしたら……」

俯《うつむ》く私に温かい声がかかりました。

「本当にすまない。あれだけ君に嫌な思いをさせた父が一体何を考えているのか。それに母から手紙が来るなど初めてのことで……」

アルベール様も戸惑っているようでした。エミリア様は『夜』様との事故のせいで両手の力がほとんどないと聞いています。わざわざ代筆をさせてまで手紙を送るなんて……

「そうですよね、私よりもアルベール様のほうが……」

ご両親からの突然の誘いに驚かないはずがありません。今までヨル様のことをあんなに隠そうとしていたのに。いきなり首都に来なさいなんて、私だってわけが分かりません。

「いや、私のことは気にしないでくれ。これは君にとって素晴らしいことに変わりはない。これからこの国で生きていくならば必要なことだ。思っていたよりだいぶ早まったが……」

「私は、ここで働ければそれでかまいません。貴族であろうとなかろうと……」

ここで、ソフィアとして働ければ、それだけでいいのに。

「大丈夫だ、それは変わらない。ソフィアを手放したりしたら『夜』がなんて言うか」

ふたりで笑い合うと、少しだけ気持ちが落ち着きました。

「しかし、もし君が許してくれるなら一緒に行ってくれないか？　ソフィアがいてくれたら……もう夜を怖がる必要もない」

茶会が開かれるのは、今から一ヶ月後の満月の時期。それもまた何かの計らいを受けているような日取りです。

「もちろん、アルベール様とヨル様のお力になれるのなら、私はどこへでも参ります……」

ただ、なんだか胸騒ぎがするのです。あんなに私を気に入らない様子だったランセント様が突然心変わりするなんて思えません。

それに今まで一度も連絡のなかったエミリア様が、どうしてこのタイミングで招待状を？

私の頭の中は疑問符と不安でいっぱいになっていました。

◆◆◆

春の強い風が寒さをすべて吹き飛ばし、道のあちこちに花が咲き始めた頃。我々は首都へと出発した。馬車で約三日の距離だが、お茶会の日よりも一週間早く屋敷を出た。

馬車一台に私とソフィアが乗り、荷馬車に使用人三人が乗り込んだ。二台が連なってゆっくりと小道を抜けていく。

今回は屋敷の使用人皆を連れていくことにした。ソフィアの支度のために侍女は必要不可欠。ドゥーロックにも私の補佐を頼まなければならず、仕方なく屋敷を空けることに決めたのだ。

仕事はすべて終わらせ、屋敷の見回りは街の警備隊に依頼した。たとえ泥棒が入ったとしても調度品はレプリカばかりだ。盗まれたところで大したことはない。

ソフィアは小さな窓から楽しそうに外を眺めている。時折、あれはなんですか？　あの建物は？と問いかけてくる様子が可愛らしく、どれだけ見ていても飽きない。私が誰かとこんな風に出かける日が来るなど誰が想像しただろう。

「あの、ランセント様は今回のお茶会にいらっしゃるのですか？」

「いや、父は賑やかな場所が嫌いだ。参加はしないだろう」

招待状を送りつけるだけ送りつけて、いくら手紙で質問しても返事も寄越さない。一体何を考えているのかさっぱり分からなかった。

「母も社交の場にはずっと参加していないはずだ。だから、参加しないはずだが……」

どうしてあの招待状は母が差出人だったのか、それすら分からないままだ。

「アルベール様は、お母様にお会いしたいですか？」

彼女の問いかけに一瞬言葉に詰まる。もう長い間それを考えることすらやめていた。

「正直に言ってしまうと、よく分からないんだ。会えるなら会ってもう一度謝りたいと思う。今更謝って済むことではないが……。しかし、母が私に会いたいと思っているのかも分からない。会いたくないというなら無理に会ってくれとも言えない」

私の答えを聞いて、彼女の瞳が潤《うる》んだ。どうして君が泣きそうな顔をするんだ。

「君が気に病むことじゃない。君が泣くと、私が『夜』に怒られる。だからそんな顔をしないでくれ」

涙を拭い笑顔を見せてくれた彼女に、私も笑い返した。

義母の事件のあと、しばらく落ち込んでいた様子だった彼女だが、最近は以前よりもよく笑うようになった。まぁ、最近は父のせいで、また微妙な感じだったのだが。

お茶会よりもこの旅が彼女の気晴らしになればいい。

こうして、私たちの旅の道中は穏やかに過ぎる……はずだった。

翌日の朝、ソフィアを抱きしめたまま目覚めるまでは。

「だ、か、ら、なぜ『夜』は、ああ理性がきかないんだ。たかが三日の道中だろう」

「え、それだと向こうに着いたらいいってことになりません？」

アンの軽口を注意する余裕もないくらい、頭の中は今朝の出来事でいっぱいだった。

私たちは道中の街で貴族用の宿を取った。部屋は私に一部屋、ソフィア用に一部屋、そして使用人用の二部屋。もちろん『夜』が言うことを聞くとは思っていなかったが、対外的に彼女と同じ部屋に泊まるわけにはいかない。

とりあえず外出一日目だ。やつもおとなしくしているだろう。そう思っていた。

そうだ。私はまた油断していた。彼女との旅が思った以上に楽しく、警戒などしていなかったのだ。

「ん……」

温かく柔らかな感触が腕の中にあった。少し甘い匂いを胸いっぱいに吸い込んだとき、声がした。

「あ、あの、アルベール様」

可愛らしい声がすぐそこから聞こえた。それでもまだ私の頭は覚醒していなかった。

「違うんです、朝までに部屋に戻ろうとしたんです。でも、ここから動けなくて……」

もぞもぞと腕の中で動く彼女を、さらに強く抱きしめたところで私はようやく目を覚ました。

「…………っ！」

声すらも出せず。私はベッドから落下した。


「どうして我慢できないんだ。『夜』は一体何を考えて……」

「多分ですけど、ソフィアのことしか考えていませんね」

アンが答えたところで、買い出しに行かせていたドゥーロックとトロワが戻ってきた。

「ご苦労。……どうかしたのか？」

ふたりの顔が何やら変だ。ソワソワというかニヤニヤというか、何やら気色悪い。

「ソフィア様はどちらに？」

「隣室で休んでいる。昨夜は寝られていなかったようだからな、出発ぎりぎりまで寝かせておいてやりたい」

するとドゥーロックは安心したように息を吐き、胸元から一冊の本を取り出した。

「まずはアルベール様にご確認いただこうと思いまして」

それは本というよりは冊子と言うべき代物だった。装丁もなく、ただ表紙を付けて紙を綴《と》じているだけ。

その表紙を見て、言葉を失った。

『辺境伯のアヴァンチュール　～死ぬまで君を離さない～』

怪しげな題字の下に、子どもには見せられないような男女の卑猥《ひわい》な絵が描かれている。女性はなぜかソフィアの外見によく似ていた。

「うわ、ダッサ」

「こら！　アン！」

そう言いながらドゥーロックも笑いを隠せていない。トロワもニヤニヤと口を歪《ゆが》めている。

「これは一体……」

「街で今、一番流行《はや》りの絵物語だそうで、首都ではそれをもとに演劇までおこなわれているとのことですが」

なんということだ。どこからだ、どこから私と彼女の話が漏れた。

「さすがに首都では題名が違うようですが、アルベール様をモデルにしていることは明らかですな」

「有り得ない、これは……」

「さすがにないですねぇ。てか、これソフィアが見たらどう思いますかね？」

卑猥《ひわい》な絵。内容を確認するまでもなく、彼女に見せるべきものではない。

「絶対に見せるな、絶対にだ」

◆◆◆

私たちが会場入りした瞬間、皇城の中庭が静寂に包まれました。すべての方の視線がこちらを向いています。

「エルバス辺境伯、アゼリア女伯爵のご到着です」

しかし、次の瞬間、私たちの周りに人だかりができました。

「辺境伯、ああ、ようやくお会いできました」

「エルバス大公の拝顔の栄に浴するとは光栄です」

「そちらがアゼリア伯爵位を授かった幸運なご令嬢ですな、なんとお美しい」

「ああ、まさか本物のおふたりにお会いできるとは」

たくさんの方に一度に話しかけられ、私の頭はいっぱいいっぱいでした。でも、何か違和感のある声がチラホラ聞こえるのは気のせいでしょうか。

本物の私たち？　噂のおふたり？　あのモデルになった？　一体皆さんなんのお話をされている

のでしょうか？

「皇帝陛下、皇太子殿下のご到着です！」

会場内に声が響き渡り、また静寂に包まれます。

現れたのは金髪碧眼《へきがん》の美しいおふたり。立派な顎髭《あごひげ》を大仰《おおぎょう》に撫でながら現れたリーン皇帝陛下。

そしてご令嬢たちの視線を集める容姿端麗なミヒャエル皇太子殿下です。視線を向けられただけで、令嬢たちから黄色い歓声が上がります。

「本日は我々主催の茶会によく来てくれた。春の祝いの席だ。心から楽しんでほしい。今年は珍しい面々もいるようで我々も楽しみだ。それでは堅苦しい挨拶はこのくらいにしよう」

この挨拶を機に、私たちは貴族の方々の輪の中に戻りました。

「絵物語も美しいと思っていましたが、本物はそれよりさらにお美しい」

「本当に可憐でいらっしゃる」

いつの間にかアルベール様と離れてしまった私は男性方に囲まれ、どうしたらいいか分からずにいました。

「あの……、その絵物語というのは？」

「まさか！　ご存知ないのですか⁉」

この首都で今話題の絵物語の主人公たちが、何故か私とアルベール様にそっくりなのだそうです。

「でも、似ているというだけで私ではないと思います。私は……」

私なんかがアルベール様の恋人だなんて。

「では、貴女と辺境伯は恋人同士ではないということですか？　もし、そうならぜひ私と……」

「おい、抜け駆けする気か！　俺のほうが先に話しかけたんだ」

何やら話題が怪しくなってきました。どうやってこの場から離れようかと考えていると――

「すまないが、彼女を困らせるのはやめていただきたい」

ふわりと肩を抱きよせられました。見上げた先のアルベール様はひどく険しいお顔をされています。

「「辺境伯！」」

「彼女との噂は聞いている。しかし貴族ならば噂の真偽も確かめず話すようなことはするべきではないな」

「「は、はい！」」

男性方は逃げるようにその場を去っていきました。

「あの、アルベール様ありがとうございます。でも噂というのは？」

「君は気にしなくていい」

少し突き放したような言葉に少しだけ胸が痛みました。私には言えないことなのでしょうか。

「もう行こうか、君も疲れただろう」

「はい……」

人のいない場所に向かおうとしたとき、私たちは呼び止められました。

「もう帰られるのですか？」

ミヒャエル皇太子殿下がたくさんの令嬢を引き連れ、私たちの行く手を塞いでしまったのです。

「話題のおふたりがいなくなってしまっては会場の皆が悲しみます」

なんでしょう、先程までとは違う視線に嫌な気分になります。クスクスと嘲笑《あざわら》うような声があちこちから聞こえました。

「彼女はまだこのような場に慣れておりません。どうかご容赦ください」

すると皇太子殿下がニヤニヤと口元を歪《ゆが》め、私たちを見比べました。

「さすが大公殿。さながら美しい姫を護る騎士というところかな？」

周りの笑い声が大きくなった気がしました。

「いえ、そのようなつもりは」

「貴方はどうして社交の場に出ないのかな？　父は何度も招待をしているんだがね」

アルベール様のお顔がさらに険しくなり、殿下の後ろに控える令嬢たちから小さな悲鳴が上がりました。

「噂よりは美丈夫だと思ったが、顔以外に何か理由があるのかな？　さすが成人したばかりの彼女を囲うだけのことはある」

「ミヒャエル殿下！」

ふたりの間に割り込むように一歩前に出ました。

「アルベール様はそんな御方ではありません！　どうかそのような言葉で貶《おとし》めるのはおやめください！」

会場にいる人々がチラチラとこちらを窺《うかが》っていました。

「ソフィア嬢。君にはたくさんの可能性があるんだよ。森の中で一生を終わらせることはないんだ」

まるで当たり前のことを言っているかのように笑う殿下の顔に胸が掻き乱されました。

やっと見つけた私の居場所を、どうしてそんな風に言われなくてはいけないのでしょうか。

アルベール様も私と同じ気持ちだと思っていました。だから、続く言葉を期待していたのに。

「私の生き方と彼女は関係ありません。いずれ時が来れば、彼女には相応《ふさわ》しい場所を探すつもりです」

◆◆◆

「待って、待ってくださいアルベール様」

やっと解放されたあと、中庭を抜け、私とソフィアは皇城の裏手へと歩く。まだ私たちを嘲笑《あざわら》う声が聞こえるようだった。

「すまなかった、私のせいで君にまで不快な思いをさせてしまった」

分かっていたことだ。自分が貴族たちの間でどのように言われているかなど。

少し忘れていただけ。彼女があまりにも普通に接してくれるから、自分も普通の人間なのだと勘違いしていただけだ。

「そんな、アルベール様が謝るようなことは何もございません！」

彼女の言葉にまた勘違いをしそうになる。ダメだ。こうやって優しい彼女を縛りつけ、どこへも行けないようにしてしまう。

『君にはたくさんの可能性があるんだよ』

皇太子の言葉に胸が掻き乱される。そんなこと言われずとも私が一番よく分かっている。

「アルベール様、私はどこへも行きたくありません。私に他に相応《ふさわ》しい場所など……」

「ダメだ！」

思っていたよりも大きな声が口をついた。裏庭の片隅で立ち止まり振り返る。彼女の瞳が大きく見開かれていた。

「ソフィアのおかげで『夜』は暴れなくなった。本当に君には感謝している」

春の風に彼女の髪が揺れている。今日のために作らせた白いドレスがよく似合っていた。

「このままあのフードの女を追い、我々にかけられた魔法の謎を解ければ、いずれ『夜』は消える」

唯一の手がかりであるフードの女の存在が明らかになった今、何を差し置いても女を追わねばならない。私はやはり『普通の人間』に戻りたいのだ。

突然現れた『夜』という存在。もしその正体が魔法によって作られた『何か』なのだとしたら、魔法が解かれればその存在は消えるだろう。

「どれだけかかるか分からない。しかし、すべての謎が解けるまで君を私たちの都合に縛りつけるつもりはない」

彼女は『夜』に連れてこられただけ。そこに彼女の意思はない。『夜』という存在がいなくなったら……

「でも、私は……」

「君は『夜』を愛しているのか？」

潤《うる》んだ瞳がさらに大きく見開かれた。

「君が『夜』を大切に想ってくれているのは分かっている。それはやつが君の恩人だからか？　死にそうな自分を助けてくれたからその恩に応えているだけか？　それとも同情しているのか？　こんな不気味な存在である私たちを」

「違います！　私はそんなこと、思ったこともありません」

あぁ……、こんなことを言うつもりはないのに。

「では、どうして優しくする。君の命の危機は過ぎ去った。たとえ私たちから離れ別の場所へ行っても、誰も君を責めたりしないだろう」

ポロポロと大粒の涙が彼女の頬を伝う。私は彼女を泣かせてばかりいるな。

「どこにも、行きたくありません。私はあのお屋敷でアルベール様と、ヨル様のおそばに……」

すべてを聞く前に私は彼女に背を向け、歩き出した。

「先に馬車に戻っている」

彼女は私を追ってこなかった。ひとり馬車に乗り込み、頭を抱える。

「最低だ、私は」

ソフィアの泣き顔が頭から離れない。どうして私は彼女を泣かせることしかできないのか。

会場にいる男が皆ソフィアに熱い視線を向けていた。彼女が美しく可憐なのは分かっていたのに、自分がこんなにも醜《みにく》い嫉妬に支配されるとは思わなかった。

私がただの男なら、ただひとりの男として彼女を助けていたなら、すぐにでも求婚していたかもしれない。それくらい彼女は魅力的な女性で、私は心を奪われていた。

でも現実は違う。

私は化け物で、彼女を助けたのは私ではない。

今のまま、彼女と『夜』との奇妙な共同生活がいつまでも続いてくれたら。そんなことさえ考えてしまう。

でも、それではダメなのだ。父の態度、皇太子の言葉、そして彼女を取り巻くすべての可能性を無視することなどできない。

やっと掴んだ手がかり。このままあの女を追っていれば、また彼女の身が危険に晒されるかもしれない。

「これでいいんだ」

今はこれでいい。彼女はいずれ私から離れる。そう思われていたほうがいい。

すべてを明らかにする。そして、私はただのアルベール・エルバスになるのだ。

そうしてやっと、彼女に気持ちを伝えられる。

「本当に考えてもみなかった」

心の底から『夜』が羨《うらや》ましい。気持ちのまま彼女に触れ、彼女に想いを伝えられるやつが羨《うらや》ましくてたまらない。

アイツに嫉妬する日が来るとは思っていなかった。

同じ身体なのに、どうしてこんなにも違うのか。

何も考えず、彼女の髪に、頬に、細い指に触れられることがたまらなく憎らしい。

私は彼女の、髪の一房に触れることすらためらうというのに。

◆◆◆

どれくらいそうしていたでしょう。涙があとからあとから溢《あふ》れて止まらなくて、私は進むことも戻ることもできずにいました。

同情なんて、そんなこと考えたこともありません。ただそばにいて、ただ必要とされたかった。

やっぱり私はどこに行ってもいらない存在なのでしょうか？

「貴女、大丈夫？」

ふいに声をかけられ振り向いた先にいたのは、美しい老婦人でした。六十歳くらいでしょうか。

白髪の長い髪をまとめ上げ、品のいいペールブルーのワンピースと揃いの日傘が木漏れ日に揺れています。

「申し訳ございません……大丈夫です」

「そんな顔をして大丈夫なわけがないでしょう。ほら、こちらにいらっしゃい」

一歩前に出ると、真っ白なレースのハンカチで頬の涙を拭ってくださいました。

「ありがとうございます」

「いいのよ、女ですもの。涙を堪えられないときもあるわ」

優しげな紺碧色《こんぺきいろ》の瞳に少しだけ気持ちが和らぎました。その瞳の色は皇族の証《あかし》。

「貴女、アゼリア伯爵位を賜《たまわ》った方ね」

「はい。申し遅れました、ソフィアと申します」

カーテシーの姿勢を取ろうとするのを手で止められました。

「私はルーミ・ラルセンというの。でも堅苦しいのはやめてちょうだい。貴女たちを虐めた愚かなあの子の代わりに謝罪に来たの」

ルーミ様は、ミヒャエル皇太子殿下の大叔母にあたる御方。現在の皇帝陛下のお母様の妹君でいらっしゃいます。

「いいえ、謝罪だんて……」

「あの子はエルバス辺境伯に嫉妬しているのよ。皇帝がいつも彼の功績を褒めるものだから、変に対抗意識を持っているのね」

ミヒャエル殿下をあの子と呼んでしまう気さくさに、ルーミ様のお人柄があらわれていました。

「私はね、エミリアとも知り合いなのよ」

「アルベール様のお母様と、ですか？」

ふわりと手を握られ、まっすぐに見つめられました。

「少しだけお話ししましょう？」

裏庭の隅、小さな東屋《あずまや》で向かい合ったルーミ様は真剣な瞳をしていました。

「エミリアの様子がおかしいの」

聞けばルーミ様は、エミリア様とランセント様の仲を取り持ち、おふたりの結婚式にも立ち会われたとか。それからずっと親交があり、エミリア様が大怪我をされ別邸で過ごされるようになってからも手紙のやり取りをされているそうです。

「おかしい、とはどういうことでしょうか？」

目を伏せ、言葉を選ぶようにルーミ様は口を開いた。

「今までいくら言っても社交界には出てこなかったのに、突然息子を茶会に招待してほしいと言ってきたりして。貴女に爵位をあげたいと言い出したのも本当はエミリアなのよ」

私の爵位を購入したのはランセント様だと聞いていました。手紙にもそう書かれていたと。

「私もね、最初は喜んでいたの。やっと彼女も人と関わる元気が出てきたのねって。いつまでも引きこもっていたらもったいないもの」

でも少しずつ様子が変わってきたのとルーミ様は仰《おっしゃ》いました。

「突然ひとりで外出するようになったり、ランセントに無断で買い物をしたりしているみたいなの」

どこに行くにも必ずランセント様と一緒だったエミリア様がひとりで出歩くようになり、別邸では毎日大騒ぎだそうです。

「エミリア様はおひとりで何をされているのでしょうか？」

「私もそこまでは……でもつい先日また手紙が来たの」

ランセント様は療養地から少し離れた場所で輸入事業をされているらしく、今はエミリア様が別邸でおひとり。

「この茶会に合わせてここまで来るっていうの」

「え？　エミリア様がいらっしゃるのですか？」

アルベール様はそんなこと一言も言っていませんでした。おひとりで遠出をするなんてランセント様がお許しになるとは思えません。

「私もそれはランセントと相談して決めたことなのかって聞いたの。でも返事が来なくて、ただこっちに来るとだけ書かれていたわ」

それはやっぱり少しおかしい気がします。

「でも、もしいらっしゃるならアルベール様にお伝えしないと……！」

何十年もお会いしていないおふたりが再会する機会になるかもしれません。

「私は、会わせないほうがいいと思うの」

「え……」

ルーミ様の表情は暗く、不安そうでした。

「私はエミリアの怪我のことを詳しくは知らないわ。でも彼女が息子と離れて暮らしているのには、わけがあるのでしょう？　あのランセント様が決めたのだもの、大切な理由があるはずよね」

切れ者として知られたランセント様が妻と息子を引き離し、長年分かれて暮らしていることは周知の事実。そこにはヨル様のこと以外の理由があるということでしょうか。

ヨル様のこと、アルベール様のこと。様々なことが頭に浮かんでは消えていきました。

「彼に母親のことを伝えるかどうかは、貴女に委《ゆだ》ねるわ。今日はそれを伝えたかったの」

母に会いたいのかどうか分からないと困ったように笑うアルベール様の顔。少し泣きそうなようにも見えたあの顔が焼き付いて離れませんでした。

「え？　なんですか、この重い雰囲気」

茶会からの帰りの馬車の中、迎えに来たアンの声だけが響いていました。

「ソフィア、すごい目が赤いし、ご当主様は今にも死にそうな顔してるし。えっと、まさかとは思いますが……襲いました？」

「違う！」

アルベール様と目が合ってもどう話をしたらいいのか分からず、結局何も話せないまま、首都に借りたタウンハウスに到着してしまいました。

出迎えてくれたドゥーロックさんもトロワも私たちの顔を見て驚いていましたが、私の頭の中はぐちゃぐちゃでろくに話もできず部屋に戻りました。

食事も喉を通らずただ部屋で過ごしていると、部屋の扉がノックされ、ドアの向こうからアルベール様の声がしました。

「今夜は満月だ。今日は君も疲れているだろう。ゆっくり休んでくれ」

今夜はそばにいなくていいと言われ、私はようやく我に返りました。

待ってくださいと声をかけ立ち上がりましたが、ドアを開けた先にアルベール様はもういませんでした。

誰もいない廊下に立ち尽くしたあと、私はまた静かに扉を閉めました。

今の私がエミリア様のことをアルベール様に伝えてもいいのでしょうか。

どこか様子のおかしいエミリア様。突然人が変わってしまう様子にひとつだけ心当たりがあります。

義母のネックレス。そして魅了の禁呪。

まさかエミリア様も何か魔法具を与えられたのでしょうか？　例のフードの女に？

もしそうだとしたら、そんなエミリア様をアルベール様に会わせるわけにはいきません。

突然家族に拒絶される苦しみをアルベール様に味わってほしくない。もう、充分すぎるほどアルベール様は苦しんでいるのだから。

でも、このまま何十年も会っていないお母様と会う機会を私が奪ってしまってもいいのでしょうか？

答えが出ないまま、私はその夜も眠り続けるヨル様の隣に付き添い続けました。

満月の夜の二日後、ガタンと揺れる大きな馬車の荷台で私は密かに息を吐き出し、はやる気持ちを必死に抑えていました。

辺境伯領に帰るその前日、私は皆から離れ、ひとりある場所へ向かっています。

『エミリアが首都に到着したわ。もし会いたいのなら、明日の午後この場所までいらっしゃい』

ルーミ様からの手紙をぎゅっと握りしめ、私はある決意を胸にエミリア様のもとへひとりで行くことに決めました。

アルベール様のこともヨル様のことも、そしておふたりのご両親のことも、私にはまだ分からないことだらけです。

だから、私が行きます。私がエミリア様にお会いするのです。

それからアルベール様にお伝えすればいい。エミリア様の様子が本当におかしいのか、私が見極めます。

そこは首都郊外にあるお屋敷でした。どうやら貴族御用達のホテルの別館らしく、一棟をそのまま貸し出しているそうです。

辺境伯領へ戻るための買い出しに付いていくという口実で屋敷を離れ、人通りの多い場所でわざとはぐれたフリをしました。アンとトロワにはあとでちゃんと謝ります。

屋敷には人の気配がありません。本当にここにエミリア様がいらっしゃるのでしょうか。

「ごめんください。どなたかいらっしゃいませんか？」

そう声をかけると、ドアの向こうでカタカタと音がしました。さらに少ししてドアがゆっくりと開きました。

「どうぞいらっしゃい、貴女がルーミ様の言っていたお客様ね？」

現れたのは美しい貴婦人でした。キャラメルブロンドの柔らかな長い髪、真っ白な肌は陽の光に透けてしまいそうなほど白く、シミひとつありません。品のいいグリーンのドレスがとても似合う優しげな方。

アルベール様は父親であるランセント様によく似ていたけれど、その目元はお母様にそっくりです。

「お初にお目にかかります。ソフィア・アゼリアと申します」

「エミリア・エルバスですわ。どうぞお入りになって」

ゆっくりと歩いていく彼女の後ろについていくと、着いたのは薔薇の咲き誇る温室でした。

「このお屋敷は首都に来るといつも利用させていただいているの。私がこの温室の薔薇が好きだと言ったら、夫が毎回ここに連れてきてくれてね」

柔らかな物腰、優しい言葉。どこにも変わった様子はありません。

窓辺に設《しつら》えられたテーブルにはすでにティーセットが用意され、紅茶のいい香りが漂っていました。

「あの、エミリア様おひとりですか？」

「使用人は皆下がらせたの。ルーミ様から貴女とはふたりきりでお話ししたほうがいいと言われたから」

ゆっくりと椅子に腰かけたエミリア様が、笑いかけてくださいました。

「さぁ、そちらにおかけになって」

向かい側に腰かけ、私はエミリア様が紅茶を飲むのをじっと見ていました。

「ルーミ様から、貴女は私の大切な家族になるかもしれない人だからって言われたのよ？」

「え、そんな、それは違います。私は、ただの……」

私はアルベール様にとってなんなのでしょうか。どうやって自己紹介すればいいのか、分からなくなってしまいました。

「それならどうして私に会いにいらしたの？」

心の底から不思議そうに首を傾げるエミリア様。それはまるで少女のような無垢《むく》な表情でした。

悩んでいるわけにはいきません。私は今日聞きたいことがあるのです。

「エミリア様は、ご自身の怪我のこと、そして息子であるアルベール様のことをどう思っていらっしゃいますか？　もしアルベール様がお会いしたいとしたら、どう……」

どうされますか、そう聞こうとして言葉が出てこなくなりました。

エミリア様の表情に変化がなかったから。何も、なんの感情も浮かんでいない、から。

「あの、アルベールって一体誰のことかしら？」

「……え……」

無垢《むく》な少女のまま、エミリア様はにっこりと微笑みました。

「アルベール様は、エミリア様のご子息で」

「知らないわ、そんな人」

笑った表情のまま、エミリア様は言葉を紡ぎ出す。

「私の息子は、ギルベルトだけだもの」

え……、と言葉をなくした瞬間、温室のドアが大きく開かれました。

「エミリア！」

息を切らし現れたのは、別邸にいるはずのランセント様。

「あら貴方、もうお仕事は終わったの？」

「どうして……どうしてここに来た！　どうして君は……」

私の姿を確認したランセント様に突然肩を掴まれ、驚きました。

「忘れるんだ」

「……？」

「今ここで聞いたこと、見たこと、すべて忘れるんだ！」

何を言われているのか、理解が追いつきません。

「エミリアが言ったことは忘れるんだ！　彼女は今普通の状態ではない！　だから誰にも言ってはいけない！　アルベールにも絶対に言うな！　分かったな！」

小さく頷いた私を見て、ランセント様は肩から手を離し、エミリア様に視線を合わせるように跪《ひざまず》きました。

「エミリア、帰ろう。ここは君の家じゃない」

「嫌よ、せっかく来たのにまだ買い物もしていないわ」

駄々っ子をあやすようにランセント様はエミリア様に付き添い、温室から連れ出します。

「君も早く帰りなさい。皆心配しているだろう」

# 第八章

「俺、最近夢を見るんだ」

ちょうど真夜中を過ぎた頃、ヨル様がポツリとそう呟きました。

「夢ですか？」

「そう、こんなこと今までなかったのに」

ヨル様は眠っている昼の間、一切の記憶がないそうです。眠っているという感覚もなく、夜になると自然と意識が覚醒する。

しかし、ここ最近夢を見るそうです。

「それはどんな夢なのですか？」

「昼間の夢。俺、明るい間に外に出たことなんかないのに、明るい原っぱを走ってる。身体もなんかすごく小さいんだ」

太陽の光は暖かく、草の感触はとても柔らかい。そんな場所を幼いヨル様は裸足《はだし》で駆けていく。

「俺ひとりじゃないんだ。後ろから誰かがついてくる。でも誰か分からない」

不思議な夢。それは本当に夢なのでしょうか？

「なんか懐かしい気がするんだ、変だよな。俺に懐かしい気持ちなんてないはずなのに」

あの日、エミリア様の温室から飛び出した私は、ふらふらと街中を彷徨《さまよ》っていました。

先程までの出来事がまるで夢のようで、本当に起こった出来事なのか分からなくなっていました。

エミリア様はアルベール様を知らない——聞き間違いかと思いました。でもあの瞳は、本当に何も知らない少女のように見えたのです。

そんなはずない。だってエミリア様はアルベール様のお母様なのに。知らないなんて、そんなことあるはずない。

そして、ギルベルトという名前。

初めて聞く名前でした。一体誰のことでしょうか？

アルベール様に兄弟はいません。自分が唯一の跡取りだから、必死に勉学に励み辺境伯の位を継いだのだとそう言っていたもの。

「ソフィア！　やっと見つけた！」

そのときアンが私を見つけ、駆け寄ってきてくれました。

「どこ行ってたの！　心配したんだから！」

「ごめんなさい、私……」

曖昧《あいまい》な返事しかできないまま、私はアンと共にタウンハウスに戻りました。

こうして私のデヴュタントは波乱の中で終わりを迎え、誰にも話せない秘密を抱えたまま私は辺境伯領へ帰ることになったのです。

辺境伯領へ戻ってきても、アルベール様とはぎくしゃくした関係が続いていました。

使用人の皆が心配してくれているのは分かっていたのですが、どういう顔をしてお会いしたらいいのか分からなかったのです。

アルベール様から言われた言葉と、エミリア様の様子が頭から離れず、屋敷の中でアルベール様を避けるようにして働いていました。

執務室から離れた場所で洗濯や炊事を率先してやり、ヨル様と過ごしたあとも必ず自室に戻るようにしました。

丸一日顔を合わせないことも増え、もしかしたらこのままこの屋敷から出ていかなければいけないかもしれないと不安で胸が押し潰されそうでした。

でも、ある日、私の私室の扉に一通の手紙と一輪の花が置かれていたんです。

周りを見回すと、アンとトロワがこちらを見てニヤニヤと笑っていました。多分ふたりが持ってきてくれたんですね。

薄い水色の封筒とたんぽぽの花。

すぐに中を開けると、可愛らしい便箋にアルベール様の丁寧な言葉がたくさん書いてありました。

なんだか演劇の台詞《せりふ》のようで、少しだけ笑ってしまいました。もしかしたらドゥーロックさんが何かアドバイスをしたのかもしれません。

『ソフィア
あの日の自分は本当にどうかしていた。謝っても許されることではないが、どうか謝罪させてほしい。

　君の顔が見られないと、仕事も手につかない。どうか私にチャンスをくれないだろうか。もう一度君と笑い合うための機会を。

　直接言いたくないのなら、私の机に返事を入れておいてほしい。

　君からの返事をずっと待っている。

　アルベール』

◆◆◆

「ちょっと待ってください……まさかそんな理由でソフィアと気まずくなってるんですか？」

　執務室に集まった使用人が皆呆れた顔で私を見ている。

「そんなとはなんだ！　私は彼女のことを思って」

「ではお聞きしますが、すべてを解決するまでどれくらいの期間をお考えですか？」

　ドゥーロックに真剣な眼差しで問われ、私は答えに詰まる。

「それは……」

「一年？　二年？　下手をすればそれ以上かかる可能性もございますが？」

「あの、無礼を承知で言わせてもらっていいっすか？」

　私たちの話を遮《さえぎ》るアンの瞳には、明らかに怒りが浮かんでいた。侍女らしい口調を取り繕《つくろ》うこともできないほどに。

「ソフィアがここを離れたら、速攻で誰かに求婚されて、速攻で結婚させられて、数年後には子どもがふたりくらいいてもおかしくないっすよ？」

「な……！」

「ドゥーロックさんに言われて黙ってましたけど、あの茶会から帰ってきて以降、ソフィア宛の手紙が毎日山のように届いています。ほとんどが求婚やら縁談やら、中にはソフィアを口説く恋文を送ってくる男もいます」

老執事が顔を伏せる。知らされていなかった事実にただただ驚きしかない。

「ソフィア様は元公爵令嬢で、淑女としての振る舞いも完璧です。現在は伯爵位を賜《たまわ》り、後ろ盾として辺境伯が付いているとなれば、貴族なら誰でも彼女との繋がりが欲しいと思うでしょう」

ドゥーロックの言葉のあと、アンも続ける。

「あと、多分誰かがご当主様とソフィアは恋人同士でもなんでもないって言いふらしてますよ。最近の手紙は口説き文句ばっかりですもん」

それはおそらく皇太子殿下ではないだろうか。それか彼の周りにいた令嬢たちの誰か。いや、今、重要なのはそんなことではない。

「ソフィアは、そんなに……」

「モテるに決まってるじゃないっすか。『夜』様もデレデレにするくらいなんすから」

このままここにいれば彼女の身が危険に晒される。だから、離れるべきだと思った。でも、これでは、ここから離れたほうが危険なのでは？

「ご当主様、いい加減『男』見せてくださいよ。じゃないとこのまま一生独り身ですよ!?」

「こら！　アン！　そんなハッキリ……」

グサリと言葉が刃のように心に突き刺さった。結婚などできなくても構わない。このまま一生独りでもいい。そう思っていた、ソフィアに出会うまでは。

「この際だから言わせてください！　ソフィア以上の子なんて絶対いません！　こんな面倒くさい厄介事を抱えてるアルベール様のことを想ってくれて、『夜』様のことまで受け入れてくれる人なんて！」

アンは目に涙を浮かべ、顔を真っ赤にしていた。そして言い終わるとそのまま部屋を出ていく。

「私もアンと同じ気持ちです。アルベール様のお気持ちも理解できますが、『夜』様にとっても、ソフィア様を遠ざけるのは得策とは思えません」

「しかし、それでは彼女が」

「覚悟をなさいませ」

有無を言わさぬ声に自然と姿勢を正した。幼い頃からそうだった。ドゥーロックは真面目で主人思いで、問題から逃げようとする私を毅然《きぜん》とした態度で叱ってくれた。

「誰かを想うということは、失う覚悟も同時にしなければなりません。失いたくないのなら全力で守ればいいのです。その覚悟をなさいませ」

ソフィアがもし他の誰かと結ばれたら。他の男に笑いかけ、あの細い指がその身体に触れたら。

そんなこと耐えられない。

「覚悟、か」

「はい、私もソフィア様以上の女性は現れないと思います」

ここしばらく彼女の声を聞いていなかった。明らかに避けられているのに、気づかないフリをしていただけだ。

「どうやって謝ればいいだろうか……」

心から謝罪すれば伝わるだろうか。もし伝わらなかったら？　むしろ、すでに嫌われているという可能性もある！

頭の中でぐるぐるとあらゆる可能性を考えていると、それまで微動だにしなかったトロワがスッとこちらに何かを差し出した。

「これは……便箋？」

いかにも若い女性が好みそうな可愛らしい水色の便箋。縁《ふち》に花柄が描かれた春らしいものだ。

「アルベール様、頭で考えているだけでは何も始まりません。とりあえず今の気持ちを書いてみてはいかがですか？」

そうドゥーロックに促され、まずは適当な紙に今の気持ちを書き出した。

これが思っていたより大変だった。書いてはドゥーロックに添削され、ダメ出しをされ、今まで書いた手紙で一番苦労した気がする。

結局トロワが差し出した便箋に書き上げたときには、夕方になっていた。すぐにドゥーロックに手渡す。

「トロワ、アンと共にこの手紙を……」

執事が言いかけたとき、あることを思いついた。

「ちょっと待ってくれ」

私は裏庭へと駆け出した。彼女がいつも仕事をしている場所に足を運ぶのも久しぶりだ。

庭の隅に咲く一輪のたんぽぽを手に取り、部屋に戻る。

「これを……手紙と一緒に彼女に渡してくれ」

そのときドゥーロックとトロワが同時に溜息をついた。

「そこまでしたのなら、直接お渡しすればよろしいのでは？」

「そ、それができれば苦労などない！」

こうして手紙を書き上げた私は眠りにつき、翌朝、私の机には彼女からの返事が入っていた。

◆◆◆

『アルベール様
丁寧なお手紙、本当に嬉しく思いました。もう二度とアルベール様と笑い合うことはできないのかとずっと不安でした。
このまま顔を見せないほうがいいのではないかと避けるようなことをして申し訳ございません。

でも、それでも私の気持ちは変わりません。どうかおそばにいさせてください。たとえどんなことがあろうと私はここにいたいのです。

私の居場所はここだけです。

ソフィア』

手紙をそっと執務室の机の引き出しに入れます。そのとき薄暗くなった部屋の扉が開きました。

「ソフィア？　何してる？」

こちらを覗き込むヨル様は、とても不思議そうなお顔です。

「おはようございます、ヨル様。私もアルベール様にお手紙を書いたんです」

「……？　なんで？　ふたりは昼間会えるのに、なんで手紙なんか書くんだ？」

首を傾げるヨル様。そうですよね、直接会えるのに手紙を書くなんて不思議ですね。

「お手紙でしか言えないこともあるんです」

「ふーん……俺は？　俺には手紙をくれないのか？」

ふわりと抱き上げられ、彼の髪に顔を寄せると、お風呂上がりの清潔な香りがしました。

「じゃあ次はヨル様にお手紙を書いてきますね」

「本当か！」

嬉しそうなヨル様。その笑顔を見ていると、やはりあのことは聞けません。

ヨル様のお名前は、ギルベルト様なのではないですか？

どんな理由があるのかは分かりません。エミリア様の呟いたお名前が、もしヨル様のことなのだとしたら。

それを聞いたら何かが壊れてしまうような気がして、私はまだ確かめられずにいました。


最初のお手紙から数日。同じ屋敷の中で、私とアルベール様は文通をしています。


「おはよう、ソフィア」

「おはようございます、アルベール様」

優しく細められたアルベール様の目を見ると、心の中に言い表せない温かさが広がっていきます。

こうしておそばにいるだけで嬉しくて、少し鼓動が速くなってしまうのです。

「お茶を淹《い》れてくれるか」

「はい、かしこまりました」

最近は私が執務室に入ることが増え、辺境伯としての仕事の大変さを目《ま》の当たりにする日々を送っています。

机に紅茶を淹《い》れたカップを置くと、アルベール様がこちらに顔を向け、またすぐにそらしてしまいました。

「あの何か？」

「いや、その、……今度の週末、何か、予定はあるか？」

屋敷で必要な品物の買い出しは先週済ませましたし、いつもなら街へ行こうと誘ってくるアンとトロワからも何故か今週は誘われていません。

「いいえ、特に予定はございませんが」

「それなら、私と、演劇を観に行かないか？」

「劇ですか？」

「街に有名な劇団が来るらしい、昼間の公演もあるらしいので、その、ぜひ君と観に行きたいのだが」

耳を真っ赤にして俯《うつむ》くアルベール様を見て可愛らしいと思ってしまうのは、やはり失礼でしょうか。

「はい、ぜひご一緒したいです」

「本当か……！　そうか、良かった。これ、は、そのデートということで……」

「デート？」

「いや、いいんだ！　気にしないでくれ！」

アンたちにドアの隙間から覗かれていたことも知らず、私の週末の予定が決まりました。


そうしてすぐに週末になりました。私は久しぶりにお化粧をされ、髪を美しく結われ、アルベール様と馬車に乗り込み、街へやってきたのですが――

「これは」

街にある唯一の劇場。すでにたくさんの人が集まり、次々と中に入っていきます。

「あ、アイツら……」

劇場の入口に掲げられた横断幕。そこに書かれた演目の名は『運命のアヴァンチュール　～忘れられた辺境伯最後の恋～』。

「あの、これはアルベール様の……？」

「違う！　断じて違う！　これは創作の演目であって、断じて私をモデルになどしていない！」

劇場の入口には、黒髪の辺境伯と菫色《すみれいろ》の髪のヒロインが大きく描かれたポスターがたくさん貼られています。

「どうして突然この街に劇団が来ることになったのか、きちんと調べるべきだった。アイツらが勝手にチケットを買ってきて、ソフィアを誘えと言うから……」

アルベール様の言うアイツらというのは、もちろん使用人の三人のことですね。

「え、あの方たちが？」

「絶対そうよ、だってポスターにそっくりだわ」

「御本人が観に来るなんて！」

周りの好奇の目から逃げるように、私たちは急いで劇場の中に入りました。

劇の内容は、長年人との関わりを絶った辺境伯が隣国の年若い公爵令嬢に一目惚れをし、家族や婚約者の悪意に晒され苦しむ彼女を救い出し結ばれるというものでした。

途中途中に濃厚なキスシーンなどもあり、私は一体どんな顔をすればいいか分かりませんでした。隣に座るアルベール様のお顔も見られません。

劇が終わり拍手が鳴りやんでしばらくしても、私たちは立ち上がれませんでした。貴族席ですので周りに人はいないのですが、今劇場を出ていけば、いろんな人に声をかけられるかもしれません。

「本当にすまなかった。もっと確認するべきだった」

「いいえ、その、演劇自体はとても面白かったです。ヒロインの歌も素敵でしたし……」

ただ恥ずかしかっただけです。辺境伯がヒロインに告白するシーン。まるで私がアルベール様に告白されているような気持ちになってしまいました。

「でもこんなこと起こるわけありませんもの。演劇は創作ですものね」

動揺をアルベール様に悟られないようにしなくてはと言葉が止まりません。

「私は婚約を破棄された傷物ですし、あのヒロインのように美しくもないですから。あんな御方に求婚されるなんて」

そのとき私の左手にアルベール様の右手が重なり、ドキリと心臓が跳ねました。

「もし君に同じようなことが起こったら、君は応えてくれるのか？」

「え」

顔を上げると、思っていたよりも近くにアルベール様の顔がありました。ジッと見つめられ、その視線の熱っぽさに私は勘違いしそうになります。

これではまるでアルベール様が私のことを想ってくれているよう。

「いや、いいんだ。忘れてくれ」

立ち上がり背を向けたアルベール様に気づかれないように、直前まで重なっていた左手をギュッと抱きしめました。

◇◇◇

私の生活は変わることなく、ただただ時間が過ぎていきました。

ヨル様と過ごす時間も、アルベール様と過ごす時間も大切。そう思ってしまう私は贅沢でしょうか。

あれからアルベール様とは何度か一緒にお出かけをしました。そのたびに彼の新しい一面を知るようで楽しくてたまりません。

このまま何事もなく過ごせたらいいのにと願っていたのです。ずっとずっと。

今日は朝から屋敷の地下にある倉庫の整理をしています。もうすぐやってくる雨の季節の前に調度品や貴重な書物などを陰干しし、掃除しなければなりません。

「それではソフィア様には書庫のほうをお願いいたします。少しずつ屋敷の裏に運び出し、陰干しを。もし虫食いなどがあった場合は私に知らせてください」

「かしこまりました」

初めて入る書庫には壁一面に本棚が並び、美しい装丁の本が所狭しと並べられていました。

「植物図鑑、刺繍《ししゅう》見本、詩集に恋愛小説……」

どうやらここにあるのは女性向けの本が多いようです。

「エミリア様のものでしょうか……」

ヨル様が現れるまで、このお屋敷で一緒に暮らしていたのですから、この場所にご両親のものがあってもおかしくありません。

何かギルベルト様というお名前の手がかりがあればいいのですが。

「ひとつずつ見ていきましょう」

陰干しをしながら、私は本の中身を確認していきました。

アルベール様が生まれたときからそばにお仕えしているドゥーロックさんにお聞きしても、ギルベルト様というお名前に心当たりはないと言われました。

アルベール様に弟がいるというわけでもないそうです。

一体ギルベルトというのは誰の名前なのでしょう。

「手がかりはありませんでした……」

すべての本を確認しましたが、手がかりになるようなものは何も見つかりませんでした。書き込みや書類などもありません。

「とりあえず掃除を始めましょう」

棚を拭き、部屋の隅に溜まったホコリを掃き、最後に本棚の隙間を掃除しようとすると、カタリという音と共に何かが落ちてきました。

「ノート……？」

それは一冊のノートでした。埃をかぶり日に焼け、隅はボロボロになっています。

中をめくると、文字が書かれているのは分かるのですが、インクも薄れていて内容までは読み取ることができません。

『……こ、……、で、やっと……あの人が帰ってくるかもしれない』

文字は女性のものでしょうか。優しい筆跡です。

『ダメだった……やっぱり、……ではダメなんだわ』

ところどころ読める箇所を読んでいくと、突然筆跡が変わりました。

『どうして！　どうして、あの人は帰ってこないの!!』

先程までの優しげな雰囲気が別人のように変わり、そこからはひたすらに誰かへの恨み言のような文字が並んでいます。

『息が詰まるですって……私が一体何をしたというの!?　あの人はいつもいつも……』

あの人と呼ばれる人への恨み、言葉はどんどん過激なものになっていきます。

『あの子さえ、あの子さえ完璧なら……』

誰かへの恨みが、いつしか子どもへの要求に変化していきます。

『どうしてあの子は上手くできないの！』

「ソフィア様？」

ハッと顔を上げ、私は咄嗟《とっさ》にノートをポケットに隠しました。

「今、お掃除が終わりました」

「ありがとうございます。そろそろ日が暮れますので今日はこれくらいに致しましょうか」

私はそのまま自室に戻り、ノートの続きを読むことにしました。

『あの子はすぐに部屋を抜け出して馬に乗ってばかり……』

続きはそんな一文から始まっていました。

『勉強もサボってばかり』

『どれだけ注意してもまったく聞かない』

最後にはあの人という言葉はまったく出てこなくなり、ノートには子どものことばかりが並んでいました。

「これは、アルベール様のことかしら……？」

でも現在の真面目なアルベール様とは随分イメージが違います。

「ソフィア？　何してる？」

「ヨル様！」

いつの間にか日が暮れていたようです。ノートに夢中になってしまっていて、時間を忘れていました。

「部屋に来ないから捜しに来た。何してる？」

「いえ、その……」

ノートを隠す間もなく、ヨル様の手がひょいと取ってしまいました。

「あ！」

「汚いノート」

パラパラとノートをめくり、ヨル様は中身を読みます。

「誰のノートだ？」

「あ、その……」

あるページで彼の手が止まりました。

「シーカ……」

それは日記に出てきた牝馬《ひんば》の名前でした。あの子と呼ばれた子どもが乗っていた馬。

「ヨル様、その名前に覚えがありますか？」

「分からない……でも……」

こめかみに手を当て、ヨル様は何か考え込んでいるようでした。聞くなら今しかない。もう隠せない。

「ヨル様、貴方のお名前はギルベルト様ではありませんか？　どうして誰も知らないのかは分かりません。でもエミリア様が……」

バシンとノートを床に投げつけ、ヨル様はふらふらと頭を抱えてしまいました。

「ギルベルト……エミリア……」

「エミリアはアルベール様のお母様のお名前です。覚えていらっしゃいますか？」

初めて現れた夜に、一体何があったのか。どうして母であるエミリア様に怪我をさせたのか。

「うわぁああああっ……！」

「ヨル様！」

大きな声が屋敷中に響き渡る。頭を抱えうずくまり、ヨル様は叫び続けた。

「ヨル様、ヨル様！　どうされましたか？」

「やめろ、あんな」

顔を上げたヨル様は泣いていました。ボロボロと涙を零し、小さな子どものように。

「あんなやつ、母親なんかじゃない！」

その一言を最後にヨル様は倒れ、翌朝になっても目覚めることはありませんでした。

「ごめんなさい、本当になんとお詫びをしたらいいか。まさかこんなことになるなんて！」

「落ち着いてください、ソフィア様。貴女のせいではございません」

「でも……！」

翌朝になっても目覚めないアルベール様をなんとかベッドに運び、何度も呼びかけましたがその目が開くことはありませんでした。

今は街からお医者様を呼び、診察をしてもらっています。

「この筆跡、エミリア様のもので間違いないですよ。私、エミリア様の手紙とかを届けていたので」

ランセント様からの言いつけを破り、これまでのことをすべて使用人の皆に話しました。この間お会いしたときのエミリア様の様子、ランセント様の言葉、そしてヨル様の叫び。

「アンとトロワは、どのくらいエミリア様のおそばにいたの？」

「別邸にいたのは半年くらいかな、孤児院から拾われてひと通り仕事を覚えたらすぐにここに来たから。でも私たち、エミリア様に会ったのは一回だけなんだよね」

「え？　どういうこと？」

慰問のため孤児院にやってきたエミリア様に使用人として雇われたというふたり。なのにエミリア様に会ったのはたった一回？

「孤児院でエミリア様にうちで働いてくれないって誘われた。息子のために人を探してるのって……」

「じゃあ、別邸の中では」

「エミリア様に直接お会いすることはなかった。エミリア様のそばにいるのは本当に選ばれた使用人だけで、私たちみたいな新人は呼ばれなかったからね」

別邸で、エミリア様は一体どんな生活をしているのでしょう。

そのとき、アルベール様の寝室からお医者様が出てきました。

「あの、アルベール様の容態は？」

しかし、お医者様は首をひねるばかりです。

「辺境伯様は普段から不眠症に悩まされておいでですか？」

「不眠症？」

私は使用人の皆と顔を見合わせました。昼間はアルベール様として、夜はヨル様として、ほとんど眠ることなく過ごされていることを不眠症と呼べなくはありません。

「本当にただ眠っているだけなのですよ。身体が眠りを欲しているのでしょう。呼吸も鼓動も異常ありません」

「でも、もしこのまま目覚めなかったら？」

「人は水分や栄養がなければ生きていけません。このまま食事もできないとなれば……」

私は膝から崩れ落ちました。私のせいで、私の軽率な行動のせいでこんなことになるなんて。

「ソフィア様、大丈夫です」

「でも、でも……私」

「おふたりを信じましょう。このままソフィア様をひとりになんてさせませんよ、辺境伯様は」

ドゥーロックさんの手を取ってようやく立ち上がり、私たちはお医者様を見送りました。それからドゥーロックさん、アン、トロワの三人はできる限り普段どおりに仕事をこなし、屋敷を維持することに努めます。

私はアルベール様に付き添い、その大きな手を握り続けました。

「ソフィア！　ソフィア！」

いつの間にかアルベール様の横でウトウトしてしまっていた私は、アンの大きな声で起こされました。

窓の外にはいつの間にか月が浮かんでいます。

「どうしたの？」

「今早馬が来た！　ソフィア宛の手紙が！」

エルバス家の紋章、差出人は……

「ランセント様？」

私は急いで手紙を開け、中を確認すると――

『　逃げろ　』

書かれていたのはたった一言だけ。

「アン、これ」

「全然分かんない！　一体なんのことか。でもあのランセント様がこんな手紙を寄越すなんてよっぽどのことがないと……」

「アルベール様のことはお伝えしたの？」

「ううん！　まだ何も言ってない！　そもそも手紙を書いたとしても、こんなに早く別邸に届くわけ……」

そのとき、扉の向こうから聞き慣れない音が聞こえてきました。

キコキコ……

何かが音を立ててこちらに近づいてきます。

キコキコ、キコキコ、キコキコ……

金属が擦れる不快な音。何かが軋《きし》むその音は、部屋の前でピタリと止まりました。

「トロワとドゥーロックさんは……？」

「さっきまでキッチンにいたはずだけど……」

コンコンと部屋の扉をノックする音が響きました。

私たちの肩が同時にビクリと震えます。

「トロワ？」

アンが呼びかけても返事はありません。

「ドゥーロックのおっさん？」

やはりなんの応《いら》えもありません。ふたりならすぐに部屋に入ってくるはずなのに。

「そこにいるのはどなたですか？」

意を決して声をかけると、突然扉が開きました。

現れたのは不快な音を立てる車椅子。それに乗っているのは——

「エミリア様……？」

美しい銀糸のドレスに身を包み、エミリア様は優雅に微笑んでいました。

「こんばんは、いい夜ね」

その車椅子を押しているのは、先日エミリア様のことを教えてくださった皇族のルーミ様です。

しかしその瞳は虚《うつ》ろで焦点が合っていません。

そう、まるであのとき義母に操られていた男たちのように。

「エミリア様、どうしてこちらに？」

「やっとよ、やっとここに戻ってこられたわ。あの人はいつも私を誤魔化すの。遠ざけて、閉じ込めて、私は元気なのに、病気だっていうのよ？　おかしいでしょう？」

アハハと乾いた笑いが部屋に響き渡ります。しかし次の瞬間にはエミリア様の顔からは笑みが消えていました。

「返して」

「……？」

「返しなさいよ、私の息子を返して！」

エミリア様の叫びが、夜の静かな屋敷に響き渡りました。吊り上がった目が私を睨みつけています。

「あの人もひどいわ！　自由に出かけられないようにって、私を歩けなくしたのよ？　信じられる？」

ドレスの裾をたくし上げると、細い足首には罪人用の足枷《あしかせ》がはめられていました。

その鉄の重みで車椅子が不快な音を立てていたのでしょう。

「私は母親なの！　息子のそばにいるのは当然でしょう！」

アルベール様の眠る部屋は、扉一枚を隔てた向こうです。こんな大きな叫び声が響いても、アルベール様が起き出す気配も、ドゥーロックさんやトロワがやってくる様子もありません。

車椅子を押しているルーミ様も無表情のまま、まるで人形のように動きませんでした。

「皆言ってるわ！　悪女が私の息子を誑《たぶら》かしてるって！　それが貴女のことだって知ってたら、あのときもお茶なんて出さなかったのに！」

ハァハァと肩で息をしながら、エミリア様の叫びは止まりません。

「どうしてどうしてどうしてどうしてどうしてどうしてどうしてどうしてどうしてどうしてどうしてどうしてどうしてどうしてどうして!!」

頭を掻きむしり、叫び続ける主の姿にアンは言葉が出てこないようでした。

「ならば何故アルベール様に会いにいらっしゃらなかったのですか？　幼い頃からずっと、きっと寂しく……」

「だから！　アルベールなんて知らないのよ！　貴女もあの人と同じことを言うのね！」

また、その美しい瞳が私を睨みつけます。

「私の息子はギルベルトだけよ！」

そのときエミリア様が何かを取り出しました。

それは古い、とても古い手鏡でした。背面には豪華な装飾が施されているものの、ところどころさびつき茶色く変色しています。鏡に自らの顔を映し、エミリア様は語りかけます。

「約束したの。ギルベルトのそばにいると、あの子を愛し続けると。ずっとずっとずっとずっとずっとずっとずっとずっと」

まるで子どもの頭を撫でるように手鏡を撫で微笑むエミリア様の顔は、まさに母親そのものでした。

「どうして覚えていらっしゃらないのですか？　アルベール様は貴女様のご子息です」

そのとき大きな足音を立て、誰かがこの部屋に向かってきました。

「ドゥーロックさん？　トロワ？」

しかし、私の期待とは別の人物がエミリア様の背後から現れました。

「エミリア……！」

「ランセント様！」

ランセント様は頭から血を流し、顔色も蒼白でした。見れば着ているものもボロボロで、まるで野盗にでも襲われたようです。

「あら、もう目が覚めたの？」

「エミリア、もうやめるんだ。ここにギルベルトはいない」

ランセント様はエミリア様の前に跪《ひざまず》き、膝に手をかける。

「ランセント様！　血が、ひどい出血です！　早く手当てをしないと！」

駆け寄ろうとするアンを右手で制し、ランセント様はエミリア様に向き合いました。

「エミリア、帰ろう。私がそばにいる。ずっとずっと君のそばに……」

子どもを宥めるように語りかけるその手をエミリア様が振り払いました。

「嘘つき嘘つき嘘つき嘘つき嘘つき嘘つき」

どこにそんな力があるのか、細い指がランセント様の髪を掴みます。ランセント様の額の傷があらわになり、髪の生え際が裂けて血が滴《したた》りました。

「……いっ……」

「貴方の言葉なんか信じない。私はずっと待っていたのに。貴方が帰ってくるのを、ずっとずっと待ってた。なのに貴方は帰ってこなかったじゃない。忙しい忙しいって言いながら女のところに通っていたの。私が気がつかないと思った？　貴方は私のことを何も知らない箱入り娘だってずっと思っていたものね？　私といると息が詰まるって言ったわ。一緒にいるのも嫌だって、私を置いていったじゃない！」

淀《よど》みなく紡がれる憎悪の言葉たち。

「エミリア、本当にすまなかった。何度でも謝ろう。たとえ何十年前のことであっても、謝り続けるよ」

「ふ、フフフ、あはは」

途端、弾かれたようにエミリア様は笑い始めました。本当におかしいというように、涙を流しながら。

次いで訪れた静寂。誰も言葉を発せません。

「息子が生まれたら、貴方は帰ってくると思った。息子が完璧な子になれば貴方は私を認めてくれる」

血が滴《したた》り、カーペットに落ちました。ゆっくりと染みが大きくなっていきます。

「だから、ね？　ギルベルトは完璧な子でしょ？　辺境伯のことを皆褒めてくれるわ。仕事ができて、領民からも慕われているの。私も母親として誇らしいわ。なのにどうして会わせてくれないの？　ギルベルトは私の子よ。私がお腹を痛めて産んだ子」

「どうして突然そんなことを言うんだ？　今まで会いたいなんて一言も……あぁあああ！」

ランセント様の額をエミリア様の指がなぞります。傷口が開き、さらに赤が流れました。

「おやめください！　エミリア様！」

立ち上がろうとして気がつきました。

身体が動きません。首だけを動かしアンを見ると、私と同じように固まっていました。

「……、い、いいんだ。これは私への罰。エミリアには私を傷つける権利がある」

痛みに顔を歪《ゆが》め、ランセント様はそれでも抵抗しません。

「だが、彼女を傷つけるのはダメだ。ようやく息子が人並みの幸せを掴もうとするのを邪魔するな」

「うるさい！　貴方に何が分かるの！　私の、息子の何が……」

ランセント様の手が、エミリア様の頬を包み込む。

「もうやめるんだ。ギルベルトはもういない。あの子は死んだんだ。もうずっと昔に」

そう言ってランセント様から語られた物語はあまりにも悲しいものでした。

◆◆◆

「…………健やかなるときも、病めるときも、妻を愛することを誓いますか？」

「はい、誓います」

そうだ。私は誓った。あの日光降り注ぐ教会で、隣に立つ妻を愛し続けると誓ったのだ。

たとえ、彼女にどんなことがあろうと。

辺境伯としての私、ランセント・エルバスは完璧だった。忠実に仕事をこなし、領民たちへの配慮も欠かさず、決して愛想のある容姿ではなかったがそれでも慕われるよう努力した。

成人してすぐに爵位を継いだ。エルバスという血統と辺境伯という地位に見合う男になれるよう、私はこの身を捧げてきたのだ。

しかし、少しずつ歳を取り、先のことを考えなくてはならなくなったとき、私は途方に暮れた。早く結婚を。そして跡継ぎを。

家族から度々そう言われるようになり、何度か見合いもした。しかし、生来の厳《いか》めしい顔つきとこの大きな体躯のせいで、女性は恐がるばかりでなかなか上手くいかなかった。

そもそも女性は苦手だ。ニコニコと愛想よく振る舞う裏で驚くほど陰湿なことを平気でしている。縁談に辟易《へきえき》していた。そんなときに紹介されたのが、エミリアだった。

エミリアは帝国の公爵令嬢。地位としては申し分ない。しかし、彼女にはいくつかの問題があった。

「夢遊病ですか？」

彼女を紹介してくれたルーミ様が言うには、彼女は幼い頃から身体が弱く、成人した今でも時折夢遊病の症状に悩まされているらしい。

「そうみたい。それに身体が弱いってこともあって、将来子どもを産めるか心配する人も多くて。結婚は諦めていたみたいなのよ」

何度か夜会で見かけたことのある彼女はたしかに身体の線が細く、私のような大男が触れたらポキリと折れてしまいそうだった。

「でも最近医者に見せたら、子どもに関しては問題ないだろうって言われたそうなの。噂は噂。それで貴方が結婚相手を探しているって聞いてね」

こうして、私とエミリアの縁談はトントン拍子に進んでいった。

「はじめまして、エミリア・ホートンと申します」

「ランセント・エルバスだ。本当に君は私が怖くないのか？」

そう尋ねたときのきょとんとした顔が可愛らしかったのを、今でもよく覚えている。そのあと優しく微笑んでくれた彼女となら、私も家族としてやっていける。そう思った。

私たちはすぐに結婚し、共に暮らし始めた。

しかし、結婚生活は思い描いていたような甘いものではなかった。

ずっと首都で暮らしていた彼女は辺境伯領という田舎での生活に慣れず、気候が合わない、食べ物が合わないとよく体調を崩した。

そして、私たちにはなかなか子どもができなかった。結婚し一年が経ち——三年が経っても彼女は妊娠しなかった。

私も診察を受けたがこれといった原因は見つからず、ただただ時間だけが過ぎた。だが私はさほど焦ってはいなかった。いずれ時が来れば授かるだろう。それくらいの気持ちだった。

私自身も領内で度々起こる自然災害に伴う仕事に忙殺されていたため、彼女のことを顧《かえり》みる余裕がなかったのだ。いや、これはただの言い訳だな。

だから私が気づいたときには、彼女の夢遊病はひどいものになっていた。

毎晩のように彼女はベッドを抜け出し、屋敷の中をふらふらと歩いていた。ひどいときにはそのまま外に出ようとすることもあり、使用人たちは夜間の見回りを欠かさなかった。それでも、彼女は度々屋敷を抜け出した。

初めてその症状を見たときの衝撃。森の中を裸足《はだし》で歩き回り眠りながら笑っている彼女は恐ろしく、まるで別人のようだった。

どれだけ薬を飲ませても治らず、見張りをつけても彼女はいつの間にかいなくなっている。

その頃には昼間も彼女と諍《いさか》いが絶えなかった。仕事ばかりしている自分をなじられ、家にいることが苦痛だった。

私は逃げた。彼女の責めるような視線に耐えられなかった。自分がこれほど弱い人間だと初めて気がつき絶望したのだ。

娼館に入り浸るようになったのはこの頃だった。ひとりの娼婦に入れ込み、彼女の自宅にまで通うようになった。屋敷でのことを忘れたかったのだ。このことがさらにエミリアを追い詰めていることなど知ろうともしなかった。

そんなときだ、エミリアが妊娠したのは。

夫婦としての義務のような性交渉。子どもができた喜びよりも、これで義務から解放されたという安堵のほうが強かった。

本当に私は最低な父親だ。

子どもができた妻はみるみる平穏を取り戻していった。夢遊病の症状もなくなり、喧嘩をすることもなくなった。

私も娼婦とは別れ、できるだけ屋敷で過ごすようにした。

これで何もかも上手くいく。あの日思い描いた幸せな家庭。やっとそれが手に入る。

そう信じていた。

生まれた子の名前はギルベルト。私に似た黒い髪とこの国では珍しい金色の瞳を持った男の子。跡継ぎとなる男児が生まれたことで、エミリアはようやく重圧から解放された——はずだった。

初めてそれに気がついたのは、ギルベルトが一歳になったばかりの頃。抱き上げた息子の手の甲に小さな痣《あざ》があった。

「これはどうした？」

「ああ、昨日ベビーベッドの縁《ふち》にぶつけてしまったの。よくあることですわ」

そのときの妻の言葉を疑いもしなかった。子どもにはよくあること。

しかし、この頃からすでに妻は壊れ始めていたのかもしれない。そんなことにも気づかないまま、三年の時が過ぎた。

そして私たちは四人家族になった。

次男のアルベールが生まれたのだ。

ギルベルトは活発な子だった。頭も良く口がよく回り、いつも使用人たちを困らせていた。椅子に座ってジッとしているのが苦手で、部屋を抜け出しては森の中を駆け回っていた。

反対にアルベールは大人しい子だった。幼い頃から身体が弱く喘息を患《わずら》っていたため、季節の変わり目になるとよく熱を出して寝込んだ。

三歳の歳の差のある兄弟だったが、ふたりは見た目が驚くほどよく似ていた。黒い髪と鋭い瞳、顔立ちはどちらも父親である私に瓜二《うりふた》つだった。瞳の色だけが、唯一の違い。

アルベールは兄であるギルベルトのあとをついて回っていた。ふたりが草原を駆けていくのを、エミリアとふたり穏やかに眺めていた。

あの頃が、一番幸せだった。

私たちの幸せはここから始まるのだと、そう確信していた。

エミリアはふたりを可愛がり、本来なら乳母に任せるようなことまで自分でやっていた。だからこそ、私は気づかなかった。彼女と、その周りの異変に。

時は流れ、ギルベルトは九歳、アルベールは六歳になっていた。

「また侍女を辞めさせたのか？」

郊外の視察から戻ると、エミリア付きの侍女が屋敷を去ったと知らされた。これで何人目になるだろう。

「理由は？」

「奥様の教育方針と合わないからと……」

エミリアは息子たちの教育に力を入れていた。特に長男であり、将来この辺境伯領を継ぐギルベルトの教育に熱心で、度々家庭教師や使用人たちと揉めていた。

まだギルベルトも九歳になったばかり、そんなに焦らずとも勉強などどうにでもなる。しかし、私がそんなことを言ったところで彼女がやめるとも思えない。

「そうか、エミリアの好きにさせてやるといい」

教育に関してはすべてエミリアに任せていた。いや、この頃は子どもたちに関するすべてを彼女に委《ゆだ》ねていたのだ。

何か言いたそうな執事を目で制し、ひとりになった執務室で私は手紙を書き始めた。

相手は最近街にやってきた未亡人だ。もとは首都で娼婦をしていた女で、貴族の愛人として身請けされたが、その貴族も死んだらしい。

視察の際偶然知り合い、それから何度か彼女のもとに通っている。

私にとっても相手にとっても、遊びに過ぎない関係だ。未亡人は私に愛人にしてくれなど言わないし、私はただ息抜きをしているだけだ。

最近、屋敷の空気が悪い。エミリアは使用人に当たりが強く、子どもたちもあまり元気がない。私が何を聞いてもエミリアは薄く微笑むばかりで答えない。

私はすべてを見逃していた。

私は、また間違えたのだ。

ギルベルトがもう少し大きくなり落ち着いてくれれば勉強にも身が入るだろう。

その頃になればアルベールの身体も強くなり、兄を支えてくれるようになる。

そうすればまた妻とも笑い合える。

根拠もなく、信じていた。

そんな日は永遠に訪れない。

悲劇の始まりを誰が知っていただろうか。

その年の夏、辺境伯領は例年にない大雨に見舞われた。私はあちこち領内を回り、土砂崩れや川の氾濫《はんらん》の支援に追われた。

屋敷へはほとんど帰れず、帰ったとしてもすぐに別の場所へ赴く日々。

そんなとき、私のもとに急を知らせる早馬が訪れた。

「ランセント様！」

それは我が屋敷の警備を任せていた騎士のひとり。彼は一晩中馬を走らせ私のもとに来たようだった。

「一体どうした！」

「……こ、れを」

顔面蒼白になりながら渡された封書。

それは、長男であるギルベルトの死を告げるものだった。

急いで屋敷に戻ったときには、息子の身体は小さな棺に納まっていた。

「父上……！」

涙で顔をぐちゃぐちゃにしたアルベールを抱き上げると、その身体は驚くほど軽かった。

「一体何があったんだ？」

その日ギルベルトは勉強の途中、家庭教師の目を盗んで屋敷の外に出たらしい。身軽な息子は木に登り、そのまま屋敷の裏庭へ出た。そこには厩舎《きゅうしゃ》があり、息子の好きな馬のシーカがいた。

私は知らなかった。ギルベルトが辺境伯になどなりたくないと言っていたこと。将来は馬に乗り剣を振るう騎士になりたいと思っていたこと。そのことでエミリアと喧嘩が絶えなかったことも。

ギルベルトは馬に跨《また》がり、ひとりで森へ駆け出した。

息子にとって唯一の息抜きだったという乗馬の腕前は大人にも引けを取らなかった。

しかし、その日は前日の雨のせいで道がぬかるみ、人が歩くのもやっとだった。

そんな道を全速力で駆ける馬。今となってはもうそのとき息子が何を考えていたのかは分からない。

分かるのは、岩場に差しかかった馬の脚が滑りそのまま岩を踏み外したこと。まだ身体の軽かった息子は馬の背から投げ出されたこと。

ギルベルトはそのまま頭を打ちつけて亡くなった。

「いやぁああああぁぁぁ！」

棺に縋《すが》り付き、エミリアは泣いていた。

「ギルベルト！　どうして？　どうして馬になんか乗ったの！　あれほどやめてちょうだいと言ったのに！」

泣き喚き取り乱した妻にかける言葉など見つからなかった。私は彼女のそばで泣くことすらできなかった。

ただ、息子の亡骸《なきがら》を見つめていた。

その日の夜、鎮静剤を飲ませ妻が眠ったあとで、私は主治医に呼び出された。

「すまないが、今しなければいけない話なのか？　私も息子が亡くなったばかりで……」

「そのご子息様のお話でございます」

医者の顔はいつになく険しいものだった。

「ギルベルトの？」

「辺境伯様は、最近ギルベルト様のお身体を見たことがおありですか？」

質問の意味すら理解するのに時間がかかった。

「それは一体どういう意味だ？」

ギルベルトは、岩場に落ち、後頭部を打ちつけた。しかし、顔に傷はほとんどなく、身体も無事だったはずだ。

「ギルベルト様のお身体には、たくさんの痣《あざ》がございます」

「それはそうだろう、馬から落ちたのだ。痣《あざ》ができるのも当然」

「いいえ、落馬でできたものではございません……。あれは人に殴られた跡でございます」

そこまで言われても、私はそれがどういうことか分からなかった。

「それは……」

また、どういう意味だと聞こうとして口をつぐんだ。

ギルベルトはエミリアの管理下で勉強やマナーの指導を受けていたはずだ。エミリアの目がある中で誰かがギルベルトを殴れるはずがない。

「そんなはずないだろう！　妻は息子を愛していた！　先程まであんなに、あんなに泣いていたじゃないか！」

痛々しい表情で医者は私を見ていた。その顔を見て、彼の言うことが真実であることを悟った。妻は息子を虐待していたのだ。

息子の葬儀の直前、私は家族にも使用人にも告げず息子の亡骸《なきがら》を確認した。

その小さな身体では受け止めきれないほどの痣《あざ》が身体中に無数に散っていた。

「あぁあああっ……！」

ギルベルトの死を知ってから初めて涙が出た。冷たくなった小さな手を握りしめ、声が嗄《か》れるまで泣いた。

あの日幸せを感じた草原を何度も思い出した。戻れるならあの日に戻りたい。そう願っても、ただただ時は過ぎるだけだった。

葬儀は滞りなくおこなわれ、息子は我がエルバス家代々の墓に埋葬された。墓の前でエミリアはいつまでも動かなかった。

この頃から次男であるアルベールの体調は悪くなり、高熱が続いた。良くなったと思えばまたぶり返す。ベッドから起きることすらできないこともあった。

私は屋敷からできる限り出ないようにした。アルベールのそばで仕事をし、息子から目を離さなかった。

エミリアに何を、どう聞けばいいのかも分からない。問い詰めればすべてが壊れてしまう。そのまま悲劇の夏が終わった。

秋になるとアルベールの体調は落ち着いてきた。その代わりエミリアの夢遊病はひどくなっていった。

「お母様は……？」

「今は休んでいるから、お前は心配しなくていい」

アルベールの前ではひたすらに仲の良い両親を演じた。アルベールの身体には痣《あざ》も傷も見当たらなかった。この子だけは守らなければ、何があっても。

しかし、私のこの決意もやがて崩れることになる。

それは秋の長雨がようやくやんだ夜のことだった。眠るアルベールの横でまどろんでいた私を執事が起こした。

「エミリア様が……また」

「分かった、すぐに行く」

どれだけ見張りをつけても、眠っているはずのエミリアは屋敷を抜け出しては森の中を歩き回る。

その日も私たちは手分けして妻を捜した。

「うふふ、ふふ」

「エミリア！」

森の奥からふらふらとした足取りで現れた妻の手には、見慣れない手鏡が握られていた。

「エミリア、それは」

「貴方！　これで、あの子が帰ってくるわ！」

まるで宝物を扱うかのように繊細な手付きで彼女は手鏡を撫でていた。その言葉の意味も分からないまま、屋敷に連れ帰るとエミリアは大人しく眠りについた。

手鏡を握りしめたまま。

それからの妻は驚くほどのスピードで回復していった。細くなっていた食も以前のようにきちんと食べるようになり、顔色もみるみる良くなった。

アルベールを慈《いつく》しむ瞳は本当に優しげだった。

私は妻に監視をつけ、決して息子とふたりきりにしないよう言いつけ、できる限り自分もそばにいるようにした。

そして、アルベールが七歳になった月の新月の夜。私たちは息子の誕生日会を開いた。

「誕生日おめでとう！」

私たち夫婦と使用人だけの小さな会だった。それでも暗かった屋敷は温かな雰囲気に包まれ、息子も嬉しそうに笑っていた。

「これを我が愛しい息子に」

「ありがとう、お父様！」

欲しがっていた本と万年筆、使用人たちからは手作りのケーキが贈られ、アルベールは歓声を上げた。

「それじゃ、私からはこれを」

エミリアがプレゼントを取り出した瞬間、その場が凍りついた。

それはあの手鏡だったからだ。

エミリアが手鏡をアルベールの手に握らせる。鏡面に息子の困惑した顔が映った。

「お母様、これはお母様の大切なものでしょう？」

「そうよ、でもいいの。だってこれは今日のために必要だったんだもの」

誰もその言葉の意味が分からず、ひとり妻だけが心から楽しげに笑っていた。

「アルベール、ギルベルトのこと好き？」

息子の肩がビクリと大きく震えた。

葬儀を終えてから妻の前では極力ギルベルトの話はしないようにしていた。アルベールもまたそのことを誰に言われずとも理解していた。

「お兄ちゃんのこと好きよね？」

「……はい、大好きです」

みるみる息子の目に涙が溜まっていく。止めなければ、妻が何か言う前に止めなければ、そう思っても身体が動かなかった。

「泣かないでいいのよ。これからまた四人で暮らせるわ」

誰も何も言わない。いや、言えなかった。身体どころか唇さえも自由にならない。

「おかあさま……？」

「大好きなお兄ちゃんのためなら、アルベールはなんでもできるわよね？」

「……痛っ」

手の色が変わるほど妻は息子の手を握りしめていた。小さな指先が手鏡に食い込む。

「やめて、離して……！」

「あの子の身体はもうなくなってしまったけど、身体ならここにあるものね。良かった、貴方を産んでおいて」

そのとき息子の指先が手鏡の縁《ふち》で切れ、赤い血が一筋スッと流れた。

私は見た。アルベールの流れた血がまるで生き物のように手鏡に吸い込まれていくのを。

「あああぁァァァ！」

刹那《せつな》、部屋中が眩《まばゆ》い光に包まれた。

「アルベール！」

光がおさまると、私たちはようやく自由に身体を動かせるようになった。

部屋の真ん中には、エミリアが手鏡を大事そうに抱えて立っている。

その前にはアルベールが呆然と立ち尽くしていた。

「あぁ、帰ってきてくれたのね！　私の愛しい息子！」

「あぁああああっああ！」

妻が息子を抱きしめようとした瞬間、まるで獣のような叫び声が響き渡った。

まだ七歳になったばかりの息子は大人たちを吹き飛ばすほどの強い力を持ち、数人がかりでも止められなかった。

それでも妻は息子を抱きしめようとし、その腕は無惨に傷つけられた。

『お前なんか、母親じゃない！』

その声は、アルベールのものではなかった。

こちらを振り返った瞳は満月のような金色に輝いていた。そこにあったのはどこまでも深い憎しみ。

息子は何かに取り憑《つ》かれたように家中のものを破壊した。エミリアは何度もギルベルトと呼びかけたが、反応することはなかった。

そして夜が明けるとそれは姿を消し、血まみれのエミリアと破壊し尽くされた部屋だけが残された。

「お母様！　お母様！」

「大丈夫、大丈夫よ。アルベール。貴方のせいじゃないわ。だから大丈夫、泣かないで」

妻に抱きしめられ、アルベールは気を失うように倒れ込んだ。

「大丈夫、何も心配いらないわ。ね、アルベール、アルベール、アル……」

次の瞬間、妻は驚くほど純粋な顔で首を傾げた。

「貴方、アルベールって誰だったかしら？」

◆◆◆

ランセント様の語る家族の過去。途切れ途切れになりながら、すべてを語り終えるとランセント様はふと笑いました。

「エミリアはアルベールを忘れた。それからしばらく昼間はほとんどを眠って過ごし、夜の間だけふらふらと目を覚ます、まるで……」

それは、まるでヨル様のような生活。

「それとは反対に、私の周りの者たちはギルベルトに関する一切の記憶を失った。ずっと執事を務めていたドゥーロックも使用人たちも、その頃はまだ存命だった私やエミリアの両親もギルベルトなど知らない。そう言った」

ギルベルト様はすべての人の記憶からいなくなってしまいました。その心を宿したアルベール様も、大好きなお兄様を忘れてしまいました。

「でも、ランセント様は」

「そうだ、私だけがふたりのことを覚えていた」

一瞬、エミリア様の力が緩みました。エミリア様の手が離れ、ランセント様はその場に膝をつきます。

「それが代償だと、そう言ったな？　あの日、記憶のないアルベールを抱きしめたまま、エミリアも力尽き倒れ込んだ。そのあとでお前が現れた」

エミリア様の腕が力なく車椅子から滑り落ちました。顔も下を向き、その表情さえ見えません。

「いい加減エミリアのフリをするのはやめろ。気色悪い」

カクカクとエミリア様の顎《あご》が何かを呟いたように見えました。そしてゆっくりと顔を上げ、身が竦《すく》むほど妖艶な笑みを浮かべて私たちを見ます。

『アハハ、本当に面白い喜劇だったわぁ。何年も何年もこんな最前列で観劇できたのは貴方のおかげよぉ、ランセント。褒めてあげるわ』

「やめてくれ、愛する妻の声で下品な笑い方をするな」

『ハハっ……愛する、ですって。お前が本当にエミリアを愛していたら、こんなことにはならなかったのに。そう思わない？』

片方の頬だけを吊り上げ白い歯を見せて笑うその人は、一体誰？

『そう思うでしょう？　その大きな大きな愛で、恐ろしい化け物まで受け止めてくれたお嬢さんはそう思うわよね？』

「貴女は、一体誰なんですか？」

ニタァと大きく口を開け、それはそれは楽しそうに嬉しそうに彼女は笑います。

『アハハ、ハハハハハ、私はエミリアよ。そうでしょ？　誰が見たってエミリア・エルバスだって答えるわ』

ひとしきり笑い終えると、彼女は車椅子から立ち上がりました。足枷《あしかせ》に繋がれた鎖がジャラジャラと音を立てます。そんなことには構わず、彼女は美しいカーテシーの姿勢を取りました。

『はじめまして、お嬢さん。貴女のお義母様にも随分楽しませていただきました』

それは私の知る誰でもない誰か。

『魔女商会、そう名乗れば分かっていただけるかしら？』

ジャラジャラと鎖の音を響かせながら、エミリア様の姿をした『何か』は車椅子に座り直しました。

「はぁ、重い。本当ならこんなのすぐに外せるのに、誰かさんのせいで力が弱まってるんだわ」

その細い腕で車椅子の車輪を回し、私の目の前で止めます。

「私、貴女が大嫌い」

そう言いながら、彼女の顔は楽しそうに嗤《わら》っていました。

「化け物を手懐《てなず》けて、まるで聖女にでもなったつもり？　何十年もひとりぼっちだった可哀想な『夜』はもう少しで人の理性をなくした本物の化け物になるはずだったのに、貴女のせいで台なしよ」

「本物の化け物……？」

「そうよ、言ったでしょ？　願い事には代償が必要なの。あの馬鹿な女もヨボヨボになったでしょ？」

義母の泣き叫ぶ姿を思い出します。私からは奪わないでと髪を振り乱し叫び続け、まるで別人のように老け込んでしまった人。

「エミリアは誓った。いつまでも息子を愛し続けると。そのために死んだ息子の心を蘇《よみがえ》らせたかったのよ。私はそれを叶えてあげたの。だからその代償は愛」

「愛が、代償？」

女の細い指が私の顎《あご》にかかる。

「若さには若さを、美しさには美しさを。そして愛には愛を」

深い深い瞳の中に吸い込まれそうでした。恐ろしいのに美しい。その瞳から目が離せません。

「誰も自分のことを覚えていない世界で化け物が人の心を保つためには愛されなくてはいけない。なのに、あの冷酷な父親は息子から母親を取り上げた。だから息子はどんどんどんどん暴れるだけの化け物になったの。あとちょっと、あと少しで完成するところだったのに……」

「痛いっ……！」

首筋に鋭い痛みが走ります。いつの間にか私の首元に女の手がかかっていました。

「まさかあんな化け物を受け入れる女が現れるとは思わなかった。ほんと、嫌な娘」

ニタァと笑うその瞳が妖しく揺らめきました。

「今度はお前を贄《にえ》にしようか。ほら、お前にだって欲しいものがあるだろう？　なんでも叶えてあげるよ」

「私の願い……？」

「そうだ、ほら言ってごらん」

私の叶えたいこと。何を犠牲にしても欲しいもの。大事なものは……

「私の願いは、ずっとここにいることです」

「は？」

「ずっとここでアルベール様と、ヨル様、いいえギルベルト様と、ずっと一緒にいたい。私の願いはただそれだけです」

その瞬間、鋭い爪が喉に食い込みました。

「いい加減にしな！　いつまでいい子ぶってるんだよ！　ここにいたい？　化け物のそばに？　それが願いだって⁉」

「化け物なんかじゃありません！　何度だって言います、私はここにいたいんです！　それ以上の願いなんてありません！」

　そのとき、閉じられた扉の向こうから獣のような咆哮《ほうこう》が聞こえました。

「アン！　ランセント様！」

　急にバタバタとふたりが床に倒れ込みます。

「演劇には主役と観客がいればいいのよ。主演は貴女、観客は私、相手役は……」

「ソフィアに触るな！」

# 第十章

繰り返し同じ夢を見ていた。

裸足《はだし》で草原を走るのは気持ちよかった。いつもは行儀が悪いと怒られるけど、その日だけは父も母も笑って許してくれた。

いつも後ろをついてくる弟の小さな手。温かくて少し汗をかいた手を引いて、たくさん笑い合った。

懐かしい。

完璧になればあの頃に戻れる。僕さえ完璧な子になれば、きっとまた全部が元通りになると信じていた。

「ソフィアに触るな！」

愛しい彼女の首に、鋭い爪が食い込んでいる。それは母の顔をしたあの魔女の爪。

「おっと、こっちに来たら可愛いお姫様の顔がズタズタになるわよ？」

「ソフィアを離せ！」

魔女が彼女の肩を抱き、その顔に小さなナイフを突きつけた。

「王子様の登場かと思ったら、やってきたのは化け物だったわね」

そうだ。あの日初めて弟の身体に入ったとき、母の顔をしたこの女は母の声で言った。

『お帰りなさい。化け物さん。今度こそ母親からたくさん愛されるといいわね？』

それを聞いて俺は母の腕を力いっぱい振り払ったんだ。自分の力があんなに強いとも知らず、そのせいで母の腕は傷だらけになった。

「どうして、どうして俺を……蘇《よみがえ》らせた！　俺はこんなこと望んでいなかった！」

死にたくなんかなかった。叶えたい夢がたくさんあった。でも、こんな姿になってまで家族を傷つけたいなんて誰が思うだろう。

「ヨル様！　記憶が戻ったのですか⁉」

「お前の意思なんて関係ない。母親がそれを願い、代償を払った。それだけよ」

最初俺はギルベルトとしての自分を覚えていた。でも魔女の言葉に周りの誰も信じられなくなった。そのうち記憶はどんどん薄れ、ただ暴れるだけの存在になった。

ソフィアと出会うまでは。

「どうしてソフィアを傷つける。彼女は関係ないだろ」

「関係あるわ、この小娘がやってきたせいですべてが狂った。責任を取らせないと気が済まないわ」

ナイフの切っ先がソフィアの白い頬をなぞる。彼女の頬にうっすらと血が滲《にじ》んだ。

「やめろ！」

一歩足を踏み出すと、ふたりが一歩遠ざかる。今すぐ彼女に駆け寄りたいのに、驚くほど遠く感じる。

「焦らないでちょうだい。どうして私がここに来たか知りたいでしょう？　わざわざ自分の足で来てあげたんだから、もう少しお話ししましょうよ」

「お前と話すことなどない！」

ソフィアの身体が小さく震えていた。やめろ、彼女を傷つけるな！

「そんなにこの女が大事？」

「当たり前だろう！」

ソフィアがいてくれたから、俺は俺でいられた。もう一度ギルベルトとしての自分を取り戻せたんだ。

「アハハハハ、所詮《しょせん》お前はマガイモノなのに？　その身体は借り物。お前の本当の身体はとっくに土に還《かえ》っている。どうする？　これからもこの不自由な生活を続けるのかしら？」

いつまでもこのままソフィアのそばにいたい。でもそれは弟にずっとこの不自由を強いることになる。

それにアルベールだってソフィアのことを……

「貴方の願い、叶えてあげましょうか？」

魔女が心底楽しそうに微笑んだ。

「何、を……？」

「叶えてあげると言ってるのよ。可愛い可愛い彼女と太陽の下を歩けるようになるわ。手を繋いで街を歩いて、もう暴れる心配もいらない。なくした時間を取り戻すのよ」

太陽の下で笑うソフィア。ずっとずっと夢に見た光景。叶うならもう一度、あの明るい野原を歩きたい。

「私なら叶えられる。私はね、人の願いを、欲望を、叶えるために生きているの」

驚くほど気持ちが揺らいだ。それが叶うならどんなに嬉しいか。

しかし、魔女の横でソフィアが悲しそうに顔を伏せた。分かっている。この女が一体何を望んでいるのか。

「代償はなんだ？」

「あはは、思ったより馬鹿じゃないのね」

キラリとナイフが月明かりで輝いた。

「簡単よ。美しさには美しさ、愛には愛。人生には人生を。——弟を殺すの。弟からその身体を奪えばいいわ。そうしたらすべてがお前のものになる。辺境伯の地位も愛しい彼女も、全部手に入るわ」

◆◆◆

「アルベール様が消える……？」

スッと背筋が寒くなりました。もう二度とあの優しい眼差しと笑い合えないかもしれません。

でも、このままではヨル様が。

「この状況で他人の心配かしら？　彼の答え次第では貴女も朝を迎えられないわよ？」

再びナイフが私の首元をいたずらに撫でました。その冷たい感覚に身体が震えます。

ヨル様は俯《うつむ》いたまま、何も答えません。

「よーく考えて？　貴方の大切な弟と愛しい彼女を天秤に乗せるんだもの。たくさん悩んでちょうだい」

「一体どうやって……」

「この世には便利な魔法具がたくさんあるの。貴女の義母にあげたネックレスなんてショボいものよ」

あれだけの数の男性を従え、私の父を魅了し続けたネックレスがショボいだなんて……、一体魔女商会とはなんなのでしょうか。

「たくさん魔法具をお持ちなのですか？」

「あら、随分呑気ね。まぁまだ答えは出ないようだし、お喋《しゃべ》りしてあげてもいいわよ？」

この魔女は自らの功績を称えるように数々の魔法具について話し始めました。

不倫した夫を蛙《かえる》の姿に変えた妻のブローチ。

婚約者を寝取られ、婚約者の顔もその浮気相手の顔も別人のように不細工に変えた指輪。

世の中にはこんなにもたくさんの裏切りが溢《あふ》れています。

「お前の婚約者も、魔法など使わずとも簡単に妹に乗り換えた。愛など所詮《しょせん》そんなものよ」

愛。すべての親と、子と、大切な人を繋ぐ絆。

「決めた」


突然顔を上げたヨル様からは何か決意のようなものが見えました。

「あら、もう決めたの？　案外早いのね」

「俺は消えない。消えたくない。だから、この身体をもらう」

金色の瞳としっかりと目が合いました。

「そんな……」

「お前の言うとおりにする。だから、ソフィアを離せ」

そんな、ヨル様がアルベール様を殺してしまうなんて。

「嘘ですよね？　優しいヨル様がそんなこと……」

「ハハハ、言ったでしょ？　愛なんてそんなものよ」

魔女は嘲笑《あざわら》う。そして、懐《ふところ》からまたあの手鏡を取り出しました。

「これに自分の血を捧げなさい。そして願うの、心からこの身体が欲しいと。おそらく持ち主が抵抗してくるでしょうけど、今の貴方なら負けないわ」

「分かった」

手鏡が床を滑り、ヨル様の足元に渡ります。彼はゆっくりとそれを手に取り、覗き込みました。

「だが、どうしてここまでする？　お前になんの得があるんだ」

「もちろん、この身体の持ち主であるエミリアのためよ。今の私の宿主は彼女だもの」

宿主という言葉を聞いて、ヨル様は何か納得したように見えました。

「まぁいい、ソフィアが無事ならそれでいい」

「お前は愛されているのね、羨《うらや》ましいわ」

少しだけナイフの先が私から離れました。

「お前がソフィアを離したら、俺はここに血を垂らす。それ以外は認めない」

「分かったわよ、本当に理性を取り戻したのね。やりづらいわ」

ガクンという衝撃と共に膝を倒され、いつの間にかエミリア様が座っていた車椅子に座らされていました。そのまま車椅子は後ろ向きに進み、部屋の壁際で止まります。

「ヨル様！　やめてください！」

彼は親指の皮を噛み千切りました。一筋の血が滴《したた》る。

「そうよ、早くそれを手鏡に！」

ダメです、そんな悲しいことを、魔法という名の呪いを繋いではいけない!!

立ち上がり彼に駆け寄ろうとしたとき、ヨル様は笑っていました。

「ソフィア、本当に君に会えて良かった。もっとずっとそばにいたかった」

ヨル様は手鏡を振り上げ、思い切り床に叩きつけたのです。

その瞬間、部屋は眩《まばゆ》い光に包まれました。

◆◆◆

「ほら、アル！　早く来いよ！」

どうして忘れていたんだろう。

「待ってよ！　おいてかないで！」

あんなにいつも追いかけていたのに。幼い頃は身体が弱かったせいで足が遅くて、どれだけ走っても追いつけなくて泣きべそをかいてばかりだった。

「しょうがないなぁ、ほら泣くなよ」

頭を撫でられ、手を繋いでもらってようやく泣きやむ。いつだってそうだった。

いつからだ？　ふたりで走り回らなくなったのは。

家族の前で、笑顔を見せてくれなくなったのは。

いつの間にか、思い出の草原にいた。

足元を撫でる芝生の感触と草の匂い。思い出と違うのは、私がもう大人になってしまったということ。

草原を歩いていくと、少し先に小高い丘が見えた。丘の上にはプラタナスの木があって、その木陰でよく寝転がって空を見ていた。

そこにひとりの男が立っていた。

黒い髪と鋭い眼差しは父と、そして私と本当によく似ていた。

生きていてくれたら、きっと双子に間違われていただろうな。

「兄さん」

金色の瞳が嬉しそうに細められた。

「アルベール、大きくなったな」

その声があまりにも優しくて泣きそうになった。やめてくれ。私は兄に笑いかけてもらう資格なんかないんだ。

「ごめん、ずっとそばにいたのに。何もできなかった。こんなに長い間忘れているなんて……」

「もういいんだ、お前のせいじゃない」

堪えきれず涙が溢《あふ》れた。いくら後悔してもしきれない。私はあのときあまりにも幼すぎた。

「俺が死んだのは俺自身のせいだ。誰のせいでもない。でも、このままじゃいけない。死んだやつがいつまでもこんな形でこの世にいるべきじゃないんだ」

涙で視界が滲《にじ》む。ダメだ、ちゃんと顔を見て話さなければ。

「そんなこと言わないでくれ。せっかく会えたのに。やっと、兄さんのことを思い出したんだ。だから」

「ソフィアのことはお前に任せる」

兄の笑顔がいつの間にか真剣な表情に変わっていた。

「ダメだ、ソフィアは兄さんのことが……」

「それは違う。お前だって分かってるだろ？　もう絶対に逃げるなよ。ソフィアを泣かせたら許さないからな」

わざと怒ったような顔をしたあと、兄は微笑んだ。心から安心したように。

「待って、待ってくれ！　まだ話したいことがたくさんあるんだ！」

「もう充分だよ。アルベール、俺はお前が弟であることが誇らしい。あんなクソ親父より、お前のほうが立派な男になれる。俺が保証する」

あたりが光に包まれた。明るすぎて、だんだん兄の顔が見えなくなる。

「兄さん！」

「アルベール、男を見せろよ？」

◆◆◆

手鏡を持ち上げた瞬間、俺はそんな白昼夢を見た。もう二度と叶うはずのない、弟と話す、そんな夢。ただの幻だったかもしれない。鏡が見せた都合のいい夢。

夢でもいい。この瞬間、俺のやることは決まった。

「自分の血を捧げなさい。そして願うの、心からこの身体が欲しいと。おそらく持ち主が抵抗してくるでしょうけど、今の貴方なら負けないわ」

そんな魔女の言葉など、もうどうでも良かった。

最後の願いは、ただひとつ。

「ソフィア、本当に君に会えて良かった。もっとずっとそばにいたかった」

心からの言葉だった。でも、ダメだ。こんなんじゃ全然足りない。

俺は力いっぱい手鏡を振り上げ、そのまま床に叩きつけた。

鏡面が割れ、持ち手が砕けた瞬間、部屋中が眩《まばゆ》い光に包まれた。

俺は力いっぱい彼女のもとに駆け出した。

「ソフィア！」

なぜか彼女の姿だけは光の中でも見つけることができた。彼女だけが俺の目には見える。

「ヨル様！」

彼女の細い身体を思い切り抱きしめた。いつも嗅《か》いでいた甘い香りがする。彼女の作ったお菓子を一緒に食べることも、彼女の笑顔を見ることも、大好きだった。

「ソフィア、君は俺の初恋だ。誰かをこんなに好きになるのも、ずっと一緒にいたいと思うのも、これが最初で最後」

「ヨル様、嫌です。そんなこと言わないでください、消えないで！」

あぁ……どうして俺は死んだんだろ。馬鹿なことばかりして、もっと長生きして、ちゃんと自分の身体で彼女を抱きしめたかった。

「ソフィア、名前を呼んで」

涙を流す彼女の頬を両手で包んだ。小さな額に自分の額を合わせる。

「ギルベルト様」

「様なんかいらない、ソフィア、呼んで」

涙を必死に堪え、彼女が笑顔を作る。

「ギルベルト」

魔女のことも、両親のことも許しはしない。でもおかげで彼女に出逢えた。そのことだけは感謝する。

「ギルベルトに逢えて本当に良かったです。もっと一緒にいたかった」

「ソフィアありがとう。俺と出逢ってくれて」

もうすぐ光が消えてしまう。そしたら自分も消えるだろう。

「アルベールを頼む。弱虫で頼りないけどいいやつだから」

「は、い……、知ってます」

ソフィアにはいくら感謝しても足りない。

「またいつか会えたら、ソフィアの焼いたクッキーが食べたい」

彼女の答えを聞く前に光は完全に消えてしまった。

◆◆◆

気がつくと、床には粉々になった手鏡の破片が散らばり、その横にエミリア様が座り込んでいます。

「ギルベルト様……？」

私はたくましい腕に抱きしめられたまま、恐る恐る声をかけました。

「ソフィア！」

顔を上げたその瞳は金色ではなく、漆黒の色。彼の頬は涙で濡れていました。

「アルベール様！」

「大丈夫か？　怪我は？」

私の心配をしてくれるアルベール様の声を聞いて、涙が溢《あふ》れるのを止められません。

「どう、して、ギルベルト様が、消えてしまう、なんて……」

あとからあとからボロボロと涙が零《こぼ》れました。こんな突然お別れになるなんて、考えてもみませんでした。

「私も会った。ようやく会えたんだ。全部思い出した。……兄さんは笑っていたよ」

私が見たギルベルト様も最後は笑っていました。

「はい……笑っていました」

アルベール様の瞳にも涙が浮かんでいます。アルベール様はそれを拭い、私から手を離すと、そのままエミリア様に向き合いました。

「もう終わりにしよう。二度と被害者を出さないために」

そのときふらふらとエミリア様が立ち上がりました。美しくまとめられていた髪は乱れ、肌は不健康に白い。

『よくも、やってくれたな』

それは先程までの声とは明らかに違うものでした。男とも女とも言えない不気味な声。

「それはこちらの台詞《せりふ》だ。よくも私の大切な家族を、そしてソフィアの家族を傷つけてくれたな」

『ハハハハハ！　家族？　大切な家族だってさ！　その家族を傷つけて、めちゃくちゃにしたのはお前ら自身だろうが！』

不気味な声は笑い続けました。もうそこにエミリア様の雰囲気は欠片《かけら》もありません。

「母は弱かった。私は母を支えるには幼すぎた。しかしお前がその弱さにつけ込んだんだ」

『詭弁《きべん》だな。自分の責任を押しつけるなよ』

突然ソレは自分の喉元にナイフを突きつけました。

『これでどうだ？　お前らが一歩でも動けば大事な母親が死ぬぞ？』

切っ先がエミリア様の細い首筋をなぞり、一筋の血が流れました。

「やめろ！　そんなことすればお前だって！」

『勘違いするな、私は何度でも蘇《よみがえ》る。こんな仮の肉体、どうなってもいいんだよ』

乱れた髪の隙間から嘲笑《あざわら》う瞳が見え隠れしています。口元は醜《みにく》く歪《ゆが》み、美しいはずの顔は見る影もありません。

「やめてください！　エミリア様をこれ以上傷つけないで！」

「母上……」

アルベール様がそう呼びかけた瞬間、ほんの少しエミリア様の表情が変わったように見えました。

『もう遅い、この女の意識はもうない……』

突然、ナイフを握っていたはずの手が小刻みに震え始めました。

小さかった震えは、だんだんと全身に広がっていきます。やがてソレは立っていられなくなり、尻もちをつくようにへたり込みました。

『な……』

その隙にアルベール様がソレに飛びかかりました。ナイフの先が彼の頬をかすめ、血が滲《にじ》みます。その赤色を見て、エミリア様の表情が変わりました。その顔は今にも泣き出しそうな子どものようでした。

『や、やめろ！　お前はもう用済みなんだよ！　願いは叶えてやっただろう！』

エミリア様の右手が自らの左手に伸びます。そして、中指にはめられた大きな宝石のついた指輪を力強く握りしめました。

そのとき聞こえたのは、小さな女性の声。

「ごめんなさいごめんなさいごめんなさいごめんなさいごめんなさいごめんなさい。お母さんを許して、アルベール」

『やめてくれ――！』

エミリア様は指輪を引き抜くと、そのまま思い切り叩きつけました。

宝石のように見えた石は呆気なく砕けてしまいました。あたり一面に散らばった欠片《かけら》がサラサラと砂になって消えていきます。

『〃：＊＞／＼＋～〃』

聞いたこともない言葉を叫びながら、ソレの気配は消えてしまいました。

糸が切れたように倒れ込むエミリア様を、アルベール様が支えます。

「アルベール様、今のは？」

ふたりに駆け寄ると、エミリア様は何かから解き放たれたように眠っていました。

「分からない……でも」

意識はないと言われた彼女が最後に呼んだのは、忘れていたはずの名前。

「うぅ……」

アルベール様の優しい瞳が私を見つめていました。外はまだ夜明け前。もう彼が夜に怯えることはありません。

「アルベール様……、私……」

頬を涙が伝います。あとからあとから溢《あふ》れて止まりませんでした。

「わぁぁああん……」

私は生まれて初めて声を上げて泣きました。

魔女の術が解けたのかランセント様やアンたちが目を覚ましても、アルベール様に抱きしめられたまま泣き続けました。

◆◆◆

あれからあっという間に時が過ぎていった。すべてが元通りに戻ることはなく、ソフィアの悲しげな表情が晴れることもない。

「いい加減そのジメジメした顔するの、やめてもらえます？」

アンは、私がいることなどお構いなしに執務室の掃除を始めていく。

「最近、私への当たりがキツくないか？」

「気のせいじゃないですかぁ？」

「口調もどんどん悪くなっている気がするんだが……」

私が書類仕事をしているにもかかわらず、机周りにもハタキをかけていく。

「仕事する暇があったらソフィアのことを慰《なぐさ》めるとか気分転換させるとか……、もうちょい考えてほしいですねぇ」

「う……」

あの日、魔法具が破壊されたおかげで、皆が兄であるギルベルトのことを思い出した。

アンとトロワは元々会ったことはないが、我が家に古くから仕えているドゥーロックは忘れていた事実に驚き、言葉を失っていた。

「私が慰《なぐさ》めても……」

ソフィアは泣きながら私の腕の中で気を失うように眠ってしまった。目覚めてからもしばらく茫《ぼう》然《ぜん》自《じ》失《しつ》な様子で、最近ようやく落ち着いてきたところだ。

「男を見せろって言われたんですよね？　今がそのときじゃないんですか」

あの夜に起こったことを使用人の皆にはすべて話した。『夜』の正体がギルベルトだったことも。

ソフィアのことを泣かせたら許さないと兄に釘を刺されたのは、こうなると分かっていたからだろうか。

兄が死んでからこの思い出の場所に来たことは一度もなかった。来ればあの幸せな日は二度と来ないのだと思い知らされる。

草の匂いも踏みしめる大地の感触も、すべてが兄と、笑い合う両親の記憶と繋がっていた。

「ソフィア、足元に気をつけて」

「はい、大丈夫です」

屋敷を囲む深い森を抜けた先に広がる草原。あの夢の中で兄と会った場所に、今、私はソフィアと立っている。

「だいぶ……顔色が良くなった」

「ご心配をおかけして申し訳ございませんでした」

ふたりきりで話をするのは久しぶりで妙に緊張してしまう。いや、緊張しているのはもっと別の理由なんだが……

「夢の中で私はこの場所に立っていた。ここは私にとっても、兄にとっても大切な場所だ」

ソフィアはまた悲しげに微笑んだ。あの日から彼女はいつもあと一歩で泣き出してしまいそうな顔をして笑う。

「幼い頃、両親と兄と私の四人でここに来た。あの頃が本当に懐かしい」

目を覚ました母は、もう何を問いかけても答えなかった。ソフィアの父親と同じだ。泣きもせず笑いもしない。まるで生きている人形。

そんな状況でも、私は両親を許すことはできないし、許すつもりもない。

父は母をこれからも支え続ける。支え続けなければならない。

幾度となく母を裏切り、傷つけてきた父は母のそばにいる義務がある。

ふたりには死ぬまで別邸で暮らしてもらう予定だ。もう二度と会うつもりはない。

「そんな大切な場所に連れてきてくださってありがとうございます」

差し出した私の手に、彼女の手が重なる。華奢《きゃしゃ》な手を引いて小高い丘を登りきると、美しい夕日が沈んでいくところだった。

「君がやってきてから私の人生は予想がつかないことばかりだ。夜が来ることに怯えることも、もうない」

振り返った彼女は、また泣きそうに笑っていた。

「ソフィア、君は兄のことを愛していたんだろう？」

彼女の命を救ったのも、最初に抱きしめたのも兄だった。私よりずっと彼女の心を癒《い》やしていたんだ。

驚き見開かれた瞳から涙が零《こぼ》れ落ちた。

「分かっているんだ。私ではどれだけ足掻《あが》いても兄には敵わない」

こんなに君を泣かせてばかりできっと怒られるだろうな。

「私が君の立場なら絶対にギルベルトを選ぶ。私はグズグズと考えてばかりで素直に君を慰《なぐさ》めることもできない」

でもこの彼女の小さな手を離したくない。

「それでも君を愛しているんだ」

自分は今どんな顔をしているだろうか。恥ずかしくて俯《うつむ》きそうになるのを必死に堪えた。

「兄のことを忘れられなくてもいい。どれだけかかっても必ず君を幸せにすると約束する」

彼女の大きな瞳をまっすぐに見つめた。

「だからこれからも私のそばにいてくれないか？」

ポロポロと涙を零しながら彼女も私を見つめ返す。

「ギルベルト様は私のことを初恋だと言ってくださいました。最初で最後の恋だと」

「初恋か、まさにそのとおりだな」

幼くして亡くなった兄にとってもソフィアは大切な女性だった。

「私にとっても初恋でした」

力強い瞳から目が離せない。やっぱり私は彼女にどうしようもなく惹かれている。

「きっと一生忘れられません」

「ああ、きっと……そうだろうな」

「それでもいいですか？」

握りしめた彼女の手が私の手を握り返した。

「ギルベルト様のことが大切でした。でもアルベール様が私をどこか他の場所に行かせようとしていると知ったとき、本当に悲しかった。そばにいたいと思っていました。どちらも大切だったんです。そんな私でもいいですか？」

答えはずっと決まっていた。きっと……彼女に出逢ったときから。

「そんな君だから好きになったんだ。君にとっても、私にとっても、ギルベルトはずっと忘れられない。だからこれからは一緒に生きていこう」

「はい……！」

彼女の頬にそっと触れると、にっこりと笑ってくれた。それは先程までの泣き出しそうな笑顔ではなく、心からの微笑みだった。

そのまま彼女の唇にそっと口づける。

悲しい思い出になってしまった場所を幸せで塗り変えていこう。

彼女と共に。

# エピローグ　幸せの始まり

「待って、アン？　トロワ？　会場は街の教会でしょう？」

あれから夏が過ぎ、秋が実り、冬を越え、また春がやってきました。

まだこの屋敷に横たわる悲しみがすべて癒《い》えたわけではないけれど、私たちは一緒に前へ進んでいます。

「ドレスだって私がお願いしたものより豪華すぎるわ。アクセサリーだって、ティアラは頼んでないのに……」

私の疑問には誰も答えてくれません。ただただ手を動かすふたり。いつもならすぐに軽口が返ってくるのにアンも黙ったままです。

「ねぇ、ふたりとも何か隠しているでしょう？」

ここ数日、アルベール様もドゥーロックさんもどこかよそよそしいです。今日の準備で忙しいせいかと思ったけれど、やっぱりおかしいわ。

「ソフィア様、目を閉じてください」

「だからその呼び方はやめてってお願いしてるのに」

言われたとおりに目をつむると、パタパタと化粧が施されていきます。

「ダメですよ。今日から名実共に大公夫人になるんですからね。私なんかが呼び捨てにしたら怒られます」

目を開け、鏡に映った自分の姿に一瞬見惚《みと》れてしまいました。

真っ白なドレスには百合の刺繍《ししゅう》が施され、ふんだんにダイヤモンドがあしらわれています。少し身体を動かすだけでキラキラと光を受けて輝きました。

ダイヤモンドのティアラとネックレス。イヤリングまで注文していたものよりも一回り以上大きい。

「アルベール様のご命令です。ソフィア様は絶対に控えめなものしか選ばないから、華美になりすぎない程度に注文し直すようにとのことでした。ドレスもアクセサリーも人生で一度のものだからと」

「そんな……」

祖国では婚約を破棄され、生家は爵位返上になった身です。この国で新たに爵位をいただいたとはいえ、豪華なお披露目は必要ないとお願いしたのに。

「もうひとつございます」

「え？　まだ何かあるの？」

「たしかに会場は街の教会ですが、昨日から街中がお祭り騒ぎですよ。演劇にまでなった噂の辺境伯様と悲劇のご令嬢の結婚式を見に首都からも見物人が押しかけているそうですから」

軽く目眩《めまい》を覚えました。本当に少人数でひっそりとおこなうはずだったのに。いつの間にこんな大事になってしまったのでしょうか。

「もう諦めましょう！　笑顔でしっかり手を振って有名人気分を味わってください！」

アンに笑顔で返された途端、すごい緊張が襲ってきました。手がぷるぷると震えます。

そのとき部屋のドアがノックされました。アンとトロワが部屋を出ていきます。

入れ替わるように現れたのは、真っ白なタキシードに身を包んだアルベール様。アルベール様は部屋の入口でこちらを見つめています。

「あの、アルベール様。私、そんなに大勢の人がいらっしゃるなんて知りませんでした。どうしましょう……緊張して」

「綺麗だ……」

アルベール様が私の目の前で跪《ひざまず》き、私の震える手に大きな手のひらを重ねてくれました。

「本当に綺麗だ。よく似合っている」

「アルベール様もとっても凛々《りり》しくて素敵です」

手を握り返すと、少しだけ震えがなくなりました。

「でもこんな豪華なものにするなんて聞いていませんでした。ドレスは私の好きにしていいと言ってくださったのに」

「す、すまない。しかしソフィアはもう少し贅沢をしてもいいんだ。君は美しいのだから、何を着ても似合うし。いや、他の男の前で着飾るのは困るが……」

近頃アルベール様は私のことをたくさん褒めてくださいます。聞いている私が恥ずかしくなってしまうくらいです。

「アルベール様に褒めてもらえればそれだけで充分です」

見つめ合い、そのまま唇を重ねます。彼の唇も少しだけ震えていて、緊張しているのは私だけじゃないのだと分かりました。

「そろそろ行こうか」

「はい」

こうして私たちは馬車に乗り込み、街の教会へ向かいました。

結婚式はたくさんの人に見守られながらおこなわれました。私たちの家族は誰も参列しない式でしたが、それでも私たちにとっては今日が幸せの始まりの日です。

どれだけ月日が流れてもこの幸せは決して変わらない。そう、信じています。

◇◇◇

その日も、私は朝からキッチンに立っていました。今年は領内の小麦が豊作で、いくらお菓子を作っても小麦がなくならないのです。嬉しいことですが、そろそろ何か新しいレシピを考えないといけませんね。

甘い匂いが漂い始めると、廊下からパタパタと小さな足音が聞こえてきました。

「お母様！」

キッチンに飛び込んできた小さな人影を片手で制し、私はオーブンの扉を開きました。

「キッチンは危ないから走ってはダメです、といつも言っているでしょう？」

「だってぇ……いい匂いがしたから」

「だってじゃありません。怪我したら大変でしょう？」

「はーい！」

「まったく……返事だけはいいんですから」

クルクルと変わる可愛い表情につい許してしまいます。

彼そっくりの顔立ちと艶《つや》やかな黒い髪。少しだけ鋭い瞳も本当によく似ています。

でも、その瞳の色だけは満月のような輝く黄金の色。

あの深い森で出逢った優しい夜の色です。

「リヒト、つまみ食いはダメです。お父様と一緒に食べるのよ」

リヒトは我が家の光。幸せの色を持つ大切な大切な可愛い息子。

「お母様も一緒に食べよう！」

約束しましたもの。また私の作ったクッキーを食べようと。

「はい、一緒に食べましょう」

これからもずっと、この場所で。

# 初夜

カタンという小さな物音にびくりと肩が震えました。ただの風音にもこんなに反応してしまうなんて。

「はあ……」

今日はアルベール様との結婚式でした。なんて幸福で温かい一日だったのでしょう。屋敷のみんな、そして領民の方たちに祝福された一日はあっという間に終わってしまいました。気恥ずかしさと嬉しさが溢《あふ》れ、ずっと笑っていた気がします。

外はいつの間にか暗くなり、大きな月が照らす夜。今この瞬間、屋敷には私と……

そのとき控えめなノックの音が主寝室に響きました。普段とは違う豪華な装飾に縁《ふち》どられたベッド。そこに浅く腰かけた私は居住まいを正しました。

「はい」

現れたのは湯浴みを終え、ガウンに着替えたアルベール様。とても緊張された表情です。きっと私も同じような顔をしていることでしょう。

「ソフィア、その、隣に座ってもいいだろうか？」

「もちろんです！」

彼が隣に座ると、ぎしりとベッドが軋《きし》みました。見慣れているはずの部屋が、今日はまったく知らない場所のようです。

上手く目を合わせられません。

こういうとき、一体何を話せばいいのでしょう。そんなことを考えている私の左手を、彼の右手が包み込みます。

その上にさらに彼の左手が重なり、薬指の指輪がきらりと光りました。

「アルベール様。私、幸せです。私の人生にこんなにも大きな幸せがやってくるなんて思いませんでした」

家族から見放されたあの日。私の前には絶望しかないと思っていました。でもそれは大きな間違い。私の幸せはあそこから始まっていたのですから。

「それは私も同じだ。いや、きっと私のほうがずっと人生を諦めていただろう。君と出会って私はようやく自分の人生を見つけられた」

彼の唇が左の手の甲に触れます。彼と同じデザインの指輪。私たちの幸せの証《あかし》。

「でも……ひとつだけ我儘《わがまま》を言うなら……」

「わがまま……？」

「君に触れるのは、私が最初でありたかった」

その瞳に普段とは違う猛々《たけだけ》しさを見た瞬間、彼の唇が私の唇と重なりました。

「ん……」

重ねた唇が離れたとき、自然と声が出ました。その声がふたりきりの静かな部屋に響いて、私は思わず顔を伏せました。

「ソフィア」

アルベール様の大きな手が私の頬を包み込みます。視線だけ上に向けると、その黒曜石のような瞳がまっすぐこちらを見つめていました。

普段身につけることのない薄いピンク色の夜着が急に恥ずかしく思えました。

「あ……あの、これはアンとトロワが選んでくれたんです。アルベール様は絶対こういう可愛らしいのが好きだからって」

聞かれてもいないことが口から飛び出しました。私の言葉に合わせて、ふたりで腰かけたベッドがギシリと軋《きし》みます。

こんな大切なときに何を喋《しゃべ》っているのでしょう。自分でもよく分からなくなってきました。

「そうか……とてもよく似合っている。すごく綺麗だ」

「……あ、ありがとう、ございます……」

あの日、すべてのことに決着をつけたあのときから、アルベール様の表情が少しずつ変わってきました。柔らかく笑うようになり、こんな風に私のことをたくさん褒めてくださるのです。恥ずかしくなってしまうくらい。

「その、ソフィア。私たちは今日結婚式を挙げた」

「はい、素晴らしいお式でした」

「私たちは夫婦になった。だから、その、いつまでも『様』というのは……」

　そのとき、やっと彼の言いたいことが分かりました。

「アルベール……とお呼びしても？」

「もちろんだ！」

　無邪気に笑う顔が、一瞬ヨル様と重なります。きっとこれがアルベールの本当の笑顔なのでしょう。ずっと感情を押し殺してきた彼の本当の姿。

「アルベール」

「ソフィア……！」

　もう一度口づけを交わし、彼の身体に力いっぱい抱きつきました。

「ひぁ……アっ」

　胸を鷲掴《わしづか》みにされると、それだけで声が出てしまいます。やわやわと揉みしだかれ、すぐに胸先が硬くなったのが分かりました。

　淡いピンク色のレースの隙間からピンと立った胸先が見え隠れしています。ジンジンと熱くて早くそこに触れてほしいのに、彼は違うところばかり触ってくるのです。

「いやぁ、そこ……」

　硬くなった先が熱を持ち、ぷっくりと恥ずかしいほどに主張していました。夜着がほんの少し触れるだけで、身体が震えます。

「ソフィア、ずっとこんな風に触れたかった」

彼の大きな手がわざと焦《じ》らすように胸先の周りをなぞり、それがもどかしくてたまりません。

「触って、もっとさわって、ほしい……」

次の瞬間、身体が跳ねるほどの快感に襲われました。

「あぁああ！　んん、あん、やぁ」

ギュッと摘まれた胸先。グリグリと弄《いじ》られるたびに、恥ずかしいほど声が出ます。

彼の太い指がいやらしく尖った先をもてあそぶように弾きます。その動きに合わせて身体が勝手に跳ねました。

胸先をつつかれると、一際大きく腰が揺れてしまいました。感じたことのない愉悦が広がり、身体の芯が疼《うず》きます。

彼の唇が胸先を強く吸い上げ、口の中でクリクリと転がされ、時折甘く歯を立てられて――。硬く立ち上がった場所をくるりとなぞられると、背筋に震えが走りました。

「ひやぁ、ん……ん、いや、ダメ」

アルベールの指は優しく、まるでガラス細工を触るように私の腰を撫でます。

「脚を開いて」

ゆっくりと脚を広げていきます。自分でも分かるくらいしっとりと濡れているのが分かりました。

「見ないで……」

彼の指が下着をなぞっていきます。上から下へ何かを確かめるように。

あっという間に下着を脱がされ、私を隠してくれるものはなくなってしまいました。

「こんなにヌルヌルにして……触ってほしいって言ってるみたいだ」

「あぁン、ひぁ……ん」

生暖かいものが触れたかと思うと、私の中を何かが吸い上げます。彼がソコを舐めているのだと気づいて、さらに大きな声が出ました。

ジュルとわざと音を立て、彼は唇を離してくれません。そのまま私の花蕾を舐めあげます。

「んんっ！　そこ……気持ちいい」

花蕾を弄《いじ》られる快感に身体を震わせながら、彼の指が私の中に入ってくるのを感じました。

「中がすごくうねっている。早く君の中に入りたい」

「あぁあっ、ん……んっ」

クチャクチャといやらしい水音が部屋に響きました。長い指が私の中を掻き回し、二本、三本と入っていく指が増えていきます。自分の声とは思えない、甲高い嬌声が零《こぼ》れました。

アルベールが夜着を脱ぎ捨てます。その力強い筋肉とそそり立つ剛直を見て、思わず視線をそらしました。

それは何度見ても大きく、しかし私の身体はその大きさを、形を覚えてしまっています。

「ソフィア……愛している。何度夢見たことか。自分の中にこんな醜《みにく》い嫉妬があるなんて知らなかった」

「アルベール……」

「身体は君を知っているはずなのに、私は知らないなんて」

「あっ……！」

ズブズブと彼の剛直が私の中を暴いていきます。身体の奥が引き攣《つ》れて苦しいです。

「あぁ……あ」

同時に彼と繋がった喜びに身体が打ち震えました。

奥を突かれるたび、蜜が溢《あふ》れグズグズと中が溶けていきます。蜜は太ももを伝い、真っ白だったシーツを汚していきました。

その濡れた太ももを持ち上げるようにして、彼の剛直がさらに奥へと挿入されます。瞬間、頭の中で何かが弾けました。頭の芯が揺さぶられるような感覚に腰が痙攣《けいれん》します。

「くっ……ソフィア、イッたのか？」

「あぁ、分から、ない、です……でも気持ちいい」

彼の腰の動きに合わせて、恥ずかしいほど声が零《こぼ》れました。そんな私を漆黒の瞳が見つめているのに気づき、途端に頬が火照《ほて》ります。

「いや、見ないで……！」

両手で顔を覆《おお》ってもすぐに彼の手が私の手を掴み、快感に溺れた顔が露《あら》わになってしまいます。

「はぁ、ん、んん」

急に腰を持ち上げられ、繋がったまま彼に抱きかかえられました。首に手を回し、激しく唇を重ねます。

腰に軽く触れられただけで、敏感になった肌が震えました。私の反応を楽しむように、彼は何度も最奥へ腰を打ちつけます。

「ソフィア」

貪《むさぼ》るような口づけ。腰が揺れるたび、尖った胸先が彼の胸に擦れ、さらに敏感になります。

「アルベール……好き、大好き」

微笑んだ彼の唇に唇を重ねたとき、今まで感じたことのない愉悦の波が身体の奥から押し寄せてきました。

「ダメ、何か、……」

「ソフィア、私ももう……」

初めての絶頂を感じたのと同時に、彼の熱が私の中で弾けました。

どろりとした感覚が私の中に溢《あふ》れ、彼の温度が私の身体に溶けていきます。背中に手を回し、ぎゅっと彼の胸に顔をうずめました。お互いの汗の匂いすら心地よく感じます。

「ソフィア……ダメだ、離れてくれ」

「え……？」

驚く間もなく彼を見上げると、身体の中でまた彼の剛直が硬くそそり立つのを感じました。恥ずかしそうに頬を染めた彼はどこか少年のようでした。

「あ、そんな」

ぽたぽたとシーツを濡らしながら、彼の腰がまた動き出します。

「すまない、今日は疲れているだろうから無理はさせたくないんだ。でも……あまりにも君が可愛すぎて」

そんな縋《すが》るような目で見られたらどうしようもありませんでした。翌日、日が高くなっても起きてこない私たちを使用人の皆が生暖かい目で見守ってくれたのは言うまでもありません。

# 息子が私に懐かない

「やだ！　やだやだやだやだやだやだ!!」

息子が床に寝転がり、両手足をバタバタと動かしている。それをなんとか宥めようと使用人たちは必死だが、こうなるともうどうしようもない。

「僕もお母様と一緒に行く！　絶対絶対行くの！」

一週間前からずっとこの調子だ。つい先日五歳になったというのに、息子のリヒトはソフィアにべったりで離れようとしない。

「奥様はすぐお帰りになりますから。それにアルベール様がいらっしゃるではありませんか」

「お父様じゃヤダ！」

グサリと胸に鋭い痛みが走った。自分の幼い頃と瓜二《うりふた》つな姿をした息子は、なぜか私に懐かない。

そこへ外出着に着替えたソフィアが現れた。息子は勢いよく起き上がり、彼女の足に抱きつく。

「お母様！　僕も一緒に行きます！」

「リヒト、それはダメですと何回も言っているでしょう？　遊びに行くのではないのよ？」

今日から一週間、ソフィアは王国の診療所へ父親の見舞いに行く。彼女の父の意識は戻らないままだが、ここ数年ソフィアは父親に会えていなかった。ようやく今回時間ができたのだ。

リヒトを連れていくことも考えたのだが、行き先は罪人用の診療所だ。幼い息子を連れていける場所ではなかった。

「すまないな、一緒に行けなくて」

「大丈夫ですわ、今年は領内が忙しいですもの」

今年の冬は各地で雪崩《なだれ》や落石事故があり、春になった今でも私はその支援に追われていた。

「やだ！　お母様と一緒に行く！　絶対行く！」

息子がソフィアと何日も離れるのは初めてのこと。私がしっかりしなくてはと思いながらも、すでに心が折れそうになっていた。

「リヒト」

ソフィアは膝を曲げ、息子と目線を合わせる。するとリヒトは目に涙を浮かべ、唇をぎゅっと噛んだ。

「お母様が今日誰に会いに行くか、分かる？」

「……お母様の、お父様」

「そう。お祖父様にリヒトのことをご報告しに行くの。リヒトはとってもいい子だもの。お留守番もちゃんとできますってご報告したいわ」

息子は小さな手を握りしめ、必死に涙を堪えていた。私や使用人の前ではすぐに駄々をこねるのに、ソフィアの前でだけはいい子になる。

「僕は、お留守番、でき……ます」

「リヒトなら大丈夫よ」

小さな肩をソフィアが抱きしめ、ゆっくりと頭を撫でる。

「私の小さな騎士さん」

それは彼女だけに許された息子の呼び方だった。こう呼ばれると息子は誇らしげな顔をするのだ。

リヒトは見た目こそ私に似ているものの、勉学よりも身体を動かすことのほうが得意で、乗馬や剣術に興味があるようだった。

そう、まるで私の兄のように。

金色の瞳が必死に涙を堪え、きらめいていた。ソフィアが馬車に乗り込み敷地を出ていくまで、リヒトはもう泣くことはなかった。


「坊っちゃん！　そろそろ出てきてくださーい！」

子ども部屋の扉を、アンが何度も叩いている。

「いい子でお留守番するんじゃなかったんですか！　これじゃただの引きこもりですよ！」

ソフィアが家を出てから、リヒトは自分の部屋にこもり、出てこなくなった。昼食も食べず、返事もしない。

「ご当主様も何か言ってくださいよ！」

「何かと言われても……」

正直、リヒトになんと声をかければいいのか分からなかった。いつもそうなんだ。息子はなんというか、私の言葉をちゃんと聞いてくれない。同じことを言っているはずなのに、私とソフィアでは対応に天と地ほどの差がある、ように見える。

「坊っちゃん！　昨日奥様が焼いてくれたクッキーとマドレーヌがありますよー？　とっても美味しいですよー？　坊っちゃんが食べないなら、私が食べちゃいますよー？」

すると子ども部屋のドアが少しだけ開き、そこから手だけが出てきた。

「捕まえた！」

その手を掴み、リヒトが部屋から引っ張り出される。

「やだやだやだ！　お母様が帰ってくるまで出ない！」

「どうしてそんなこと言うんですか！　帰ってきたら奥様が悲しみますよ！」

ソフィアが悲しむところを想像したのだろう。リヒトが逃げるのをやめた。

優しい子なのだ。まだまだ母親が恋しいのもよく分かる。私もそうだった。

「リヒト、少しだけ私と話をしないか？」

息子と向き合わないままでは、いつか天国の兄に叱られてしまう。兄ならきっとリヒトと友達のように仲良くなれただろうな。

珍しくリヒトは素直に頷いた。

ソフィアが焼いたお菓子を詰めたバスケットを持って、私は息子の手を引いて歩いた。いつもなら誰かを供につけるのだが、今日はふたりだけ。少し湿った土の香りが鼻をついた。

「リヒト」

「……はい」

「お母様がいなくて寂しいか？」

私の手を小さな手が力強く握りしめた。

「……寂しくなんか、ない。僕はもう五歳だし、強いから……」

「そうか、リヒトはすごいな。私は寂しいよ」

「え！」

息子は目を見開き、本当に驚いているようだった。その反応がなんだか面白くて笑ってしまった。

「お父様も、寂しいの？」

「あぁ、とっても寂しい」

森を抜け、草原に出るとリヒトが急に立ち止まった。

「どうした？」

リヒトの金色の瞳にみるみる涙が溜まっていく。

「うぅ……嘘、ついた。やっぱり寂しいよぉ、お母様いないの、ヤダぁ」

ボロボロと涙を流すリヒトの頭をゆっくりと撫でる。

「そうか、そうだよな。私だって寂しいんだ。リヒトが寂しくないわけないよな」

息子を抱き上げる。また少し重くなった気がする。ついこの間生まれたばかりだと思っていたのに、子どもは本当にあっという間に大きくなってしまう。

「お父様だけじゃダメか？」

「ヤダぁ、お母様じゃないとヤなの！」

また少し胸が痛む。

「どうしてもダメか？」

「ダメなの、だってぇ……だって……」

リヒトは言葉を選ぶように口をモゴモゴさせていた。

「だって……お母様はお父様のこと大好きなんだもん」

「ん？」

突然の言葉に私は言葉を失った。

「お母様、いっつもお父様のお話する。もっともっと僕のこと見ててほしいのに、お父様ばっかり。そんなのズルいもん」

もしかして、リヒトが私の言うことをきかないのは、それが理由なのか？

「リヒトがそんなことを思っているとは知らなかったな」

「僕のほうがお母様のこと好きだもん。大きくなったらお母様と結婚する」

その顔で、その瞳に言われると、私はなんとも複雑な気分になってしまう。

「それだけはダメだ」

いつかこの子が大きくなったら、ソフィアとの出逢いの話をしなくては。私と彼女と大切な家族を巡る物語を聞かせてあげよう。

いろいろ言えない部分もあるが……

「アルベール様！　アルベール様！」

そのとき、屋敷の方角から私を呼ぶ声が聞こえた。

「アルベール様！　すぐにお戻りを！」

「どうした！」

「ソフィア様が！」

その名を聞いて、私はリヒトを抱えたまま駆け出した。

「ご懐妊です」

「「「っ!!」」」

屋敷を出たあと、馬車の揺れでソフィアは気分が悪くなったそうだ。普段なら車酔いなどしない彼女を心配した付き添いのトロワは、そのまま街の診療所に駆け込んだ。

「お父様、ごかいにんってなんですか？」

出かけるはずの母が帰ってきて喜んでいた息子も、彼女の顔色が悪いのを見て不安げに私を見つめていた。

「リヒトに弟か妹ができたんだ」

私の言葉を息子はゆっくりと理解し、次の瞬間飛び跳ねて喜んだ。

「やったぁ！　絶対絶対絶対、妹がいい！」

ソフィアと顔を見合わせ、微笑み合った。

「あら、リヒトは弟がいいと言うと思っていたわ」

「妹！　絶対だよ！」

まさかこの言葉が予言のようになるとは、このときは思ってもいなかった。

生まれた子はソフィアと瓜二《うりふた》つの可愛らしい娘だった。私も、妻も、そして兄となった息子も皆彼女を愛した。

私たち家族の物語はこれからも続いていく。

ISBN 978-4-434-32416-1

この作品に対する皆様のご意見・ご感想をお待ちしております。

おハガキ・お手紙は以下の宛先にお送りください。

【宛先】

〒150-6019 東京都渋谷区恵比寿 4-20-3 恵比寿ｶﾞｰﾃﾞﾝﾌﾟﾚｲｽﾀﾜｰ 19F
（株）アルファポリス　書籍感想係

メールフォームでのご意見・ご感想は右のＱＲコードから、
あるいは以下のワードで検索をかけてください。

アルファポリス　書籍の感想　検索

ご感想はこちらから

本書は、「アルファポリス」（https://www.alphapolis.co.jp/）に掲載されていたものを、改稿、加筆のうえ、書籍化したものです。


売《う》られた公爵令嬢《こうしゃくれいじょう》と辺境伯《へんきょうはく》の秘密《ひみつ》

塔野明里（とうの あかり）

2024年　7月25日初版発行

編集－塙 綾子
編集長－倉持真理
発行者－梶本雄介
発行所－株式会社アルファポリス
〒150-6019 東京都渋谷区恵比寿4-20-3 恵比寿ｶﾞｰﾃﾞﾝﾌﾟﾚｲｽﾀﾜｰ19F
TEL 03-6277-1601（営業） 03-6277-1602（編集）
URL https://www.alphapolis.co.jp/
発売元－株式会社星雲社（共同出版社・流通責任出版社）
〒112-0005 東京都文京区水道1-3-30
TEL 03-3868-3275
装丁イラスト－天路ゆうつづ
装丁デザイン－AFTERGLOW
（レーベルフォーマットデザイン－團 夢見（imagejack））
印刷－中央精版印刷株式会社




ISBN978-4-434-34182-3 C0093